文春文庫

ずんが島漂流記

椎名誠

目次

イラスト　沢野ひとし

ずんが島漂流記

第一章 三人の海の仲間

この物語は、ぼくがおじいさんから聞いた話をもとにしています。

おじいさんは椎名総之助といって、むかし馬の医者をしていました。長い顎鬚(あごひげ)を生やした背の高い人で、お酒が大好きです。酔うと顔を真っ赤にして、いろいろ面白い話をしてくれました。だからお正月やお盆にはおじいさんの家に沢山の親戚の子供らが集まりました。おじいさんの話を聞くためです。おじいさんもそれが嬉しいようで、親戚の子供たち（つまり孫たち）が集まると、お酒を飲んで張り切って、ますます顔を真っ赤にして、いろんな話をしてくれました。おじいさんは冗談が好きで、その話には本当のことと、とてつもない冗談がまじっていて子供たちにはその区別がなかなかつかない、というのも今考えると面白いことのひとつでした。おじいさんの話の多くは、おじいさんが若い頃暮らしていた南の島の話です。

ボルネオの近くにフンデロッテという名の小さな島がある。フンデロッテというのはその島の人々の言葉で「朝のいびき」という意味だ。つまりそれだけのんびりしてよく眠れる島、という訳だな。しかしこの島は地図で見るとおり赤道の下にあって、ものすごく暑い。いちばん暑い発熱期には海の水が沸騰して、表面に近いところが泡だっていることがあるんだよ。この話をするとみんな嘘だって言うけれど本当なんだ。ただし海の全部ではない。沸騰するところは大体決まっていて、私がしばらく住んでいたのはフンデロッテ島唯一の集落フンデロッテ村の、その土地の言葉で言うところの「昨日の小便岬」のすこし先のあたりだ。暑い日はみんなでカヌーに乗ってその沸騰しているあたりに行く。何のためかって？　決まっているだろう。魚を獲るためだよ。このぶくぶく泡だつ海域に近くなると、大きな魚が目を回して沢山流されてくるんだ。そいつをつかまえる。

苦労せずに「新鮮な煮魚」が手に入るという訳だ。まあ本当のことを言うと「煮えている」とまではいかないがね。いきなりの熱にやられて気絶しているというところだろう。

実はこのあたりの海の底に海底火山があるようだ。島の人は海底火山なんて知らないから「テンケレ　テンケレ　マレッケボン」（ぶくぶく煮える怒った海）と言っていたが、不思議なのは、海底火山だから一年中海中からあつい噴流が噴き上がっているはずだろうに、乾期のとりわけ暑い暑い日に限って海面を「ぶくぶく」させていたのだ。だから島の人が、熱くて熱くて海が沸騰している、と思うのも無理のない話なんだ。

このぶくぶくの海へ誤って人間が落ちたりしたら大変だよ。表面は本当に煮えたぎっているからね。

で、ある時帆つきカヌーに乗っていた若者が、風向きが急に変わって回転したケンネン棒（帆の向きを操作する長い棒）に頭を打たれて海に落ちた。熱い海だから若者はすぐに「キャッ」と言って意識をとりもどしたが、そのまま海面からカヌーに上がることが熱くてできない。やけどしてしまうからね。そこでその若者は海の中に潜っていった。海の中はもう少しぬるいからだ。そうしてとにかく一番熱いところからどんどん逃れていこうと海中を泳いでいった訳だ。島の人はみんな海中で長く息をとめられる。でも三十メートルも横に泳いでいったらやっぱり苦しくなって水面に出て息をする。息をするとまた「あっちっち」だ。しかし息をしない訳にはいかない。カヌーの男たちは三十メートルほど先のところで息つぎに水面に上がってきた若者を見つけて、つまりまあその若者の意図を理解したのだな。ソレッとばかりにみんなで必死に漕いで若者を追い、漸く海面のぬるくなったところでやっと若者をひき上げた、という訳だ。

しかしその若者は気の毒に顔から首のあたりまですっかりやけどしちまって、一カ月ほどゆでダコのように真っ赤な顔をしていたよ。

海がそんなふうだから、私の住んでいたフンデロッテ村はとにかく暑かった。暑いだけじゃなくて、そのあたりは湿気も多くてみんな日中は小屋の中に入ってじっとしていた。村の背後に衝立(ついたて)のような崖が迫っていたので、海からの風が吹き抜けていかないところだったんだ。もっとも海からの風といったって、沸騰している海の上を走り流れてくるのだからどのみちぼわんとした暑苦しい風でしかなかったけれどねえ。

この村での夕食はグループで食べるというのがちょっと変わっていた。村の人口は三百人ぐらいだったけれど、これが大は二十人ぐらい、小は五人ぐらいのグループにわかれてみんなが持ってきた食いものを出してわけて食べる。沢山持ってくる人もいれば少しの人もいる。中には何も持ってこない人もいたけれど、別に文句も言わず、上手にわけあって食べていたなあ。まあ原始共産制のひとつだと思うのだけれど、そういうシステムだから、外国人の私などわりあいスムーズにその村の人々の暮らしの中に入っていけたのだろうと思うね。

食べているものは芋と魚が中心で、芋はタロ芋とかヤム芋という、日本でいうとサト芋とかヤマ芋に近い味で、これを茹でたり煮たりする。キネケネという巻き貝と、島の言葉で赤口という意味のザクロのような果物の種をつぶして塩で何カ月間も漬けた苦くて辛くておっそろしく臭いのをこの芋にこすりつけて食べる。まあ一種のシオカラみたいなものなのだろうけれど、慣れてくるとけっこううまいのだよ。

それからトゥンブクという椰子(やし)のコプラからつくる発酵酒のようなものをみんなで一緒に飲む。この酒は口嚙(くちが)み酒で、それをつくっているところを見るとちょっとびっくりする。

口嚙み酒というのは、要するに口で嚙んでつくるお酒だけれど、この村ではだいたい老婆が車座になって、椰子のコプラをみんなで嚙んでいる。それもずいぶん長い時間嚙んでいる。唾液をたっぷりだしてよく嚙み嚙みし、コプラをこなごなにして唾液とまぜ、さらに全体にまんべんなくコプラが唾液と融合するようにして、やがてみんなの真ん中に置かれた日本のタライのような形をしたケケ・ワンと呼ばれる容器に「プッ」と吐き出す。ケケというのはサメの皮のことで、ワンは丸いという意味だ。だからこれはサメの皮を丸くタライ状にしたもので、たぶんこの島のかなり古い発明品のひとつだろうと思う。

このケケ・ワンにコプラと唾液のまざったやつがたっぷりたまってくると、今度はみんな両手をその中に入れてまんべんなくまぜあわせるのだ。そのとき歌をうたう。いろんな歌がでるけれど、私がいちばん好きだったのは「ケケ・ハ・レ・ルケ」という歌で、これはまあみんなで自分らの亭主や嫁や子供たちの悪口を言い合っているのだ。

たとえばこんな具合で、まず一人が独唱のようにして思いついたことをうたう。すると周りの者が唱和する。

「まったくよう、わしんちの亭主はしょうがねえ。今日もトゥンブク飲んで飲みすぎてお日様でてもねむっている。ハアしょうがねえ、しょうがねえ」

「ケケしょうがねえ、しょうがねえ」

なんていう具合だ。

「まったくよう、わしんちの息子はしょうがねえ、今日もウンだからって（さかりがついて）朝まで小屋にもかえらねえ、ハアかえらねえ」

「ケケかえらねえ、かえらねえ」

なんていう具合できりがない。

こうしてできたトゥンブクは、早い話が日本のドブロクのようなもので、できたらその日のうちに飲んでしまわないとすぐ悪くなってしまうので、芋の夕食が終わる頃はみんなけっこういい機嫌になっていて、食後には陽気な歌なんかも出てくるのだ。

つまりまあ、毎日の夕食が村ぐるみの宴会みたいなもので、ほかに娯楽というようなものは何もないところだから、そういうことになっているのだろうなあ、と私などはつくづく納得してその騒々しい毎日の夕食に呼ばれていたものだよ。

その島は竹の多いところでなあ、村のうしろに連（つら）なる衝立のような崖の下に、それはもう見事に太い竹の林が密集して、やっぱりずらっとどこまでも続いているんだ。

島の人は竹をマンブケーと呼んでいろいろ上手に使っておった。一番おどろいたのは竹をカタパルトがわりにしていることだった。

カタパルトはわかるだろう？　航空母艦の甲板のような、あまり距離のないところから飛行機を飛ばすときに、うしろから勢いをつけて、ぐいーんと押し出していく射出機のようなものだ。

その衝立みたいな崖は、ケンペラ・ケネと呼ばれているのだが、これはそのまま直訳すると「鉈(なた)裂き」だ。つまり、でっかい鉈で断ち割ったような崖という意味で、とにかくあきれるほど垂直で、高さは大体十五〜二十メートルぐらいだった。

この崖の上の方にチャンバ（海ツバメの一種）が巣を作っている。チャンバの巣は中華料理の材料として重宝されていて、高く売れるから、一番巣が大きくなる春先あたりになると、村の若い男たちがチャンバの巣取りにでかける。

このときの崖の登り方が面白いんだよ。崖の下に密集しているマンブケーを利用する。マンブケーは大体十メートルぐらいの高さだが、まずはじめに一番すばしっこいのが椰子登りの要領で、比較的近いところに生えている二本のマンブケーを使ってするする上まで登っていく。そうしてマンブケーの上のほうに行くと、その近くに生えている他の三、四本のマンブケーの先端をかきあつめ、腰にくくりつけてきたマケネラという海鬼(うみおに)蔓(づる)をよりあわせて作ったロープでぐるぐるまいて、それを引っぱりながらおりてくる。

でもってまあ準備の第一段階終了だ。

下のほうではあの例のケケ・ワンの上に巣取りに行く男が乗っている。

こっちの用意ができると、みんなでマケネラで作ったロープを引っぱるんだ。ロープは先端にくくりつけられているから、引っぱると束になったマンブケーがどんどん引き寄せられて弓なりになっていく。そうしてもうこれ以上たぐり寄せられない、というところまでくると、素早くケケ・ワンをしばりつけ、エイヤッというかんじで、みんな手をはなす。ケケ・ワンに乗った男はしなったマンブケーの反動でびゅーんとそのまま空高く飛んでいく、という訳だ。

ケケの上に乗った巣取りの男は、爪鉤（つめかぎ）のついた小さなロープを持っていて、一番高く上がったところでそのロープを巧みに放り投げ、崖の上のギザ岩に引っかけて、見事登頂大成功という具合になる。

もちろん誰しもこのようにうまくいく訳じゃあないよ。なかには爪鉤がかからず、失敗して落ちてくるのもいる。でもその下はとにかくマンブケーが密集しているので、落ちてくるときに上手にマンブケーの先端のあっちこっちにしがみついて、そこそこになんとかふわりと着地するから心配ない。

村人の家もこのマンブケーを使っている。太いところを組み合わせて高床式の小屋にしているのが多いけれど、とくに湿気のひどい雨期にはマンブケーを細く裂いて、日本ふうにいうと大きなザルのようなものを作り、その四隅にやっぱりマケネラから作ったロープを結びつけて椰子の木からぶらさげる。椰子の木はたいてい斜めに傾いているから一本の椰子に三つも四つもこれをぶらさげることができるんだな。まあ横からみるとでっかいスズランのようなもので、人々は椰子からロープをつたわってこのザルの中に入り、そこで眠るという訳だ。私もたびたびここに入って眠ったけれどなかなか気持がいい。暑いから雨が降ってもどうということはないんだ。すぐ乾燥してしまうので、かえってさっぱりして具合がいいくらいだ。

この眠りカゴの本来の目的は砂虫よけでな、雨期の頃はとにかくこの砂虫がすごいんだ。一番悪どいのがギ・ゲゲと呼ばれているやつで、これは夜中だけ出てくる。ギというのは砂のことで、ゲゲは「かじる」だ。だから砂かじりだな。五センチくらいの砂色の虫で、細長い円錐(えんすい)形をしている。太いほうが足、細いほうが口で、口はヤツメウナギに似ている。なにヤツメウナギの口を知らないのか？　丸い口のまわりにギザギザの歯がはえていて、魚やイカの腹にかまわず嚙みついてくる。嚙みついてそのまま生血をちゅうちゅう吸ってしまうという悪どいやつなのだが、砂かじりはその小型版という訳だ。

雨期の頃の夜はだから島の人は素足で海岸を歩かない。うっかり歩くと足の甲や裏にたちまち何十四もこのギ・ゲゲがくらいついている、ということになってしまうからな。

雨期の頃は、ケケで足をそっくりくるんでしまう。まあ早い話がこの島の長靴というわけだなあ。

椰子の上の眠りカゴにはこの砂かじりは登ってはこないけれど、かわりに椰子ガニが登ってきて時に間違えてカゴの中に入ってくることがあるんだよ。

椰子ガニは茹でるとうまいので、これもまたなかなかよいことなんだ。

「飛んで火に入る夏の虫」じゃなくて「登ってカゴに入る椰子のカニ」という訳だ。だけどなあ、この椰子ガニというやつは、椰子のあの固い実を根元からチョン切ってしまう強力なハサミを持っているから、カゴに入ってきたのを寝呆けて手で払ったりして指だの足だのはさまれてひどい目にあうやつもけっこういるんだなあ。

フンデロッテ村の人たちの主な仕事は、カヌーで沖に出て魚を獲ることだ。みんな総出でやるのは大きな渦巻き型になった網を二艘のカヌーで引いて、他のみんなは水面を泳ぐ者と水に潜る者とふたてにわかれる。

水中を潜っていく連中はそのまま空気の泡を吐いてぐいぐい進んでいき、水面を泳いでいく者は椰子のカラを半分に割ったものを両手に持って、これで水面をカパカパ叩きながら進む。

こうして水中と水面からみんなして魚を追っていって渦巻き状になった網に追い込んでいくのだ。日本でも沖縄あたりでやっている「追い込み漁」と同じ方式だな。

狙うのは島の言葉で「グ」という赤いトゲのある魚や「クワァ」という頭でっかちで目玉の飛び出た魚などで、どちらもいい商売になる。獲ってきたグやクワァは、仲買人の船がやってくるまで、島のはじのほうにある自然にできた岩のプールのようなところに飼っておくんだな。でっかいイケスという訳だ。

だけどこの村の人がもっと本気で獲る魚があるんだ。とってもでっかいやつでねえ、たぶんハタ科のクエという魚なんだろうけど、全長二メートルもあって、人間も呑み込めるような洞穴のような口をしている。

こいつは岩の下の穴にすんでいるから、息の長いやつが目ぼしいところに潜っていって岩の下を注意深く探っていく。見つかったら穴の入口にでっかい鉤をのませた椰子ガニを垂らすんだ。用心深い魚なのでなかなか嚙みつかないようだけど、ひとたびかかったらみんなして力を合わせてそいつを引っぱり上げる。水面にきたら頭を櫂でパカパカ殴って気を失わせて、呑み込んだ餌と鉤を口から引っぱりだす。

同じ餌でまたまた別のを獲ろうという魂胆なのだ。

この魚が獲れると村の者がみんな浜に出てきて「うた」をうたうんだよ。クとケの発音の多い実にヘンテコな唄だけれど、それがこの村の大漁節なんだよなあ。

しばらくこの島に暮らしている間に何人もの親しい友人ができたよ。一番仲良くなったのはカポという名の漁師で、カポは別の島に住んでいたが幼い頃に両親をなくして、この島に連れられてきた。まあ漁の仕事を手伝うための労働力として人買いに連れられてきたのだろう。このあたりの島にはその頃まで人さらいも人買いもごくごく普通にいたし、海に出てどこかよその船と出会い、状況がそうなれば漁師がたちまち海賊になってしまうこともざらにあったからなあ。

カポは当時の私とほぼ同じ歳の若者で(カポは正確には自分の年齢がわからなかった)、小さい頃から漁師や、あの例の海ツバメの巣取りなどをやっていたから全身がバネのような筋肉に覆われた強靭な体だ。褐色の肌に背中まで垂れるもじゃもじゃの長い髪の毛をしていた。日本の褌に似た下帯をしめて、いつもそこに短刀を差して、猛獣のようにしなやかに力強く動き回っていたよ。

もう一人、このカポと親しく、その関係で私とも早くから仲良くなった男にネギーという若者がいた。ネギーというのは島の言葉で「一番目」を意味する。だから日本ふうに言うと、一郎とか一雄というようなものだ。だけど私はどうしても日本のあの葱を思いうかべてしまって、最初の頃は、島のばあちゃんやじいちゃんに名を呼ばれるたびにおかしくて笑ってしまった。なぜかというと、この島の老人たちは言葉をあまり延ばさずに喋るんだ。すなわちネギーは「ネギ」「ネギ」で、日本のネギとまったく同じように言うからね。

ネギーも漁師だったが、体が太っていて口のまわりにぐるりと丸い髭を生やしている。いつもその口を丸くとがらせて口笛を吹くようにして歌をうたっている。本当は漁師よりも「歌うたい」になりたかったというんだ。ネギーのじいちゃんは祈禱師で、島中総出の追い込み漁や、出産や葬式や病気の治療や夫婦喧嘩の仲裁や小屋の新築や、その他まあ数かぎりなく起きる島の出来事にいちいち呼び出されて、とにかく忙しい。

で、あるときネギーが《昨日の小便岬》の東のあたりで巨大魚クエの棲みかを見つけた。潜って調べたところ、いままで見たこともないような大物というのでカポと私とネギーの三人で、誰にも知られないうちに釣り上げてしまえと、そこへ行ったのだ。

大物が潜んでいるだけあってそのあたりの水深は深く、ざっと十五尋（一尋は約二メートル）はあった。その頃は私も島の男に負けないくらいの深みに潜っていけたから、まずは交代でネギーの見つけた大物を見にいった訳だ。

その魚は島の言葉でアグウという。アグウというのは日本人にはわかり易い言葉で「噛みつく」という意味だ。すなわち噛みつき魚という訳だな。

潜っていくと、なるほどネギーの言ったとおり青サンゴの覆う岩の下にそいつがいた。たしかにいままで見たこともないくらいでっかいやつで、岩の下のくらがりの中で、じっと身を潜め、大きな目玉でこっちを睨みつけている。その迫力といったらないんだ。水の中で思わずブルッと体がふるえてしまったくらいだったよ。

カポもやっぱりびっくりしていた。考えてみると、こんな大物を最初に一人で見つけたネギーの度胸はたいしたものだよ。

アグウの獲り方は、前にも言ったように椰子ガニを餌にするのが一番いい。そこで前の日に三人でとりわけでっかい椰子ガニをつかまえてきて、ロープ鉤にそいつをくりつけようとしているところへ、一隻のカヌーが近づいてきた。

小さな帆柱の上に祈禱師の印である赤目玉のマークがついているから、そのカヌーがネギーのじいちゃんであることはすぐわかった。じいちゃんの名前はタルデワカシというんだな。

「おまえたち、そこで何をしているんだ？」と、タルデワカシは大きな声で言った。

ネギーがにやにや笑いながら、椰子ガニのついたロープ鉤をぐるぐる回してみせた。それを見ればこれからアグウを釣ろうとしているのだということがすぐわかるからな。

するとタルデワカシは顔を急にくもらせて、するすると私たちのカヌーに近づいてきた。

「そうか、おまえたちはついに見つけてしまったのか」と、ひどく落胆した声でそう言うのだ。

「ついに見つけたというと、おじいは前からあのでっかいやつのことを知っていたのか？」

ネギーが聞いた。

「知っているどころか、じつはあれはわしなんだよ」

タルデワカシはますます声をひそめ、遠くリーフ（珊瑚礁）に打ちつける波の音にいまにも消されそうになるくらいの声でおかしなことを言った。

「わしってなんだ？」

「わしだからつまりわしだよ」

　タルデワカシはそう言ってひろげた手をひらひらさせながら、親指で自分の鼻の頭のあたりを指し示した。このあたりの島々では自分を指さすときには、みんなそうやる。

「えっ、なんだって？　じゃあ、あのアグウはおじいなのか？」

　ネギーは半分笑いながら言った。

「そうなんだ。村の者はまだ殆んど知らないが、そういう訳なんだ。わしの心の半分はいつもあのアグウの中にある。わしの祈禱がよく効き占いがよく当たるのも、あのアグウと日頃からよく相談して、いろいろ話をしているからなのだ」

「ふーん」

　ネギーは半信半疑の顔で頷き、丸い顔の中の、丸い口髭に囲まれた丸い口をとがらせ、

「海のかぜうみのかみわれなれどかし　たゆたいのたまごろもとわに　とけたまいて」

と、祈禱のときにいつもうたう歌の一節をすばやく二度くりかえした。

「だから頼むネギ。だからあれはあのままにしておいてくれ。村の人にも誰にも言ってはならないぞ」

「わかった。じゃ獲るのはやめるよ。村の人にも言わないよ」

ネギーはあっさり言った。

タルデワカシは漸く安心した顔になった。

この島には木や雲や波や太陽や火に、もう一人の自分のたましいの源を定める独特の宗教観のようなものがあってなあ、自分と同じもう一人はいつも火の中にあると思う者がいるし、それを空いく雲と思う者もいる。

しかし、タルデワカシのように海の中の現実の魚を自分という者は少なかった。それではその現実の魚が死んだら、自分も終わりになってしまうからだ。

せっかく島で一番の大物を！

と意気込んでいたのに、その直前で止められてしまった悔しさは簡単には収まらない。

そういうあつい気分を察したのかタルデワカシは、

「そうだ！　このくらいの大きな魚なんて、じつはたいしたことはないんだよ。この海の先にはもっととてつもなくすごい魚がいるのを知っているか！」と、急に大声をはりあげた。

カポもネギーも私も、タルデワカシのそのにわかな声の大きさ、全身の力の入れ方の変わりようにおどろいて目を丸くしていると、

「さあいいか、よく聞けよ若者たち」と、いつもの祈禱師の声になった。

「おまえたちは、まだこの村と、せいぜいこの島の南と東側の周辺の海域しか行ってい

ないだろう。しかし、海はそこから先もずっとどこまでも続いているのだ」

タルデワカシはリーフの先の広大な海の向こうに両手を大きく広げ、背中まで少し反らせてみせた。

「たとえば東のほうの煮える海を越えてさらに行くとケヌ・ケ海がある。赤い海という意味じゃ。南のほうのゲンゲ海域には沢山の島がある。海流はいつも東南に向かって流れている。そっちのほうの海にはおまえたちが想像もできないようなすごい海が沢山あるんだぞ」

「海が沢山ある？」

ネギーが丸い目玉を光らせた。

「そうだ。島の数ほど海があるんだよ」

タルデワカシはいつもの赤っぽい目玉を、そこでさらに大きくひろげた。

「ひとつの島があると、その島にひとつぶんの海がある」

「ふーん」

「島は沢山あるから、たいへんだ」

「ふーん」

「いろんな島があって、いろんな海がある」

「たとえばどんな海があるんだ？」

カポが好奇心をむきだしにして身をのりだすようにして聞いた。

「たとえばか？　そうだな。ケヌ・ケ海は時々月の夜に海が赤くなる。血のように赤くなるという話じゃ。おまけにその赤い海は、月の光に光る。満月で海が赤くなった日はマ・ケマ・ケマが出てくる」

「ふーん」

カポとネギーと私が同時に同じように頷いた。

しかし私はタルデワカシの言うマ・ケマ・ケマがどんなものであるのか、ケマは怪物だからそこだけわかるが、正確にどんなものなのかは見当がつかない。

「マ・ケマ・ケマってどんな怪物だ？」

ネギーもわからないらしく私と同じ疑問を口にした。

「いや、どんなものかわしもその形は知らないよ。だけど相当におそろしいものだ」

「ふーん」

結局誰もわからない。

「ゲンゲの海域にはいろんな部族がおってな。沢山ある島のひとつには、木を食う部族がいる」

「木って、あの木か？」

カポがそこから見える陸地のいくつかの木を指さした。

「そうだ。木が一番のごちそうなのだ」

「よっぽど歯がつよいんだろうな」

ネギーが丸い口をあけ、真っ白な自分の歯を指でコツコツ叩きながら言った。

「きっとそうじゃろう」

「ふーん」

「それからまだある。そのゲンゲ海のもっと先にいくと空を飛んだり、地面を歩く魚がいるんだ」

「えっ？　なんだって？　歩く魚だと？」

ネギーがまた目を丸くした。空を飛ぶ魚はそのあたりの海でよく見るが、歩く魚なんて聞いたことも見たこともない。

「歩く魚って、じゃあ足があるのか？」

カポが聞いた。

「うーん、実際のところわしも話を聞いただけで、この目で見た訳ではないから何とも言えんが、しかしきっとそういうことなんじゃろう」

「ふーん」

そう言って、また私を含む三人はしばらく黙りこんだ。みんな足で歩いている魚を頭の中で想像していたのだ。

「そいつはでっかいのか？」

沈黙を破ってネギーが口をひらいた。

「うん。わしが聞いた話では相当に大きいそうだ。人間などを食ってしまうというからな」

「へっ」

ネギーが首をすくめた。

海面を渡る風がすこしその向きを変えたらしく、タルデワカシと私たちのカヌーが上下にこまかく揺れるようになった。

「なあ。だからおまえたちも、いつまでもこの島のまわりにうろうろしているんじゃなくて、いつかもっと大きい海へ行ってみろ」

タルデワカシは、そこでまたリーフの向こうにひろがる青い海原（うなばら）に向かって大きく両手をひろげてみせた。

タルデワカシと別れて島に戻る途中、私たちは口々に飛んだり歩いたりする魚の話をした。カポが「本当だろうか？」と海風に長い髪をばらばら踊らせながら言った。

「じいちゃんは不思議な力を持っているから、遠い島の人とも話ができるんだ。だからそういう話は本当に聞いて知っているんだと思う」

ネギーが好奇心に顔を光らせながら言った。

「本当なら、行って見てみたいもんだ」

カポがゲンゲの海域と思われる方向を見ながら力を込めた声でそう言った。

ちょうどその時、私たちの村のあたりから白い煙がたちのぼるのが見えた。同時にタンガを打ち鳴らすポカポカという音が聞こえてくる。

カポが頭の上の太陽を見た。つられてネギーも私も真上を見る。ちょうど正午の位置だった。村ではその日、マ・トポケが行われるのだ。マは亀のことで、トポケはまつり、ないしは踊る、という意味だ。つまりその日は「カメまつり」が行われるのだ。

そこで三人とも櫂をこぐ手に力をこめた。タルデワカシはそのまつりが始まる前の祈禱のために村へ行っていたのだろう。タルデワカシは村からすこし離れた浜に一人で暮らしていた。

急いで戻る途中、フケケが海面を漂っているのを見つけた。フケケというのはマンボウのことだ。マンボウというのも不思議な魚で、平べったい体を横たわらせて、ただもう海面に浮かんでいる。尾びれがないから速く泳いだり潜ったりすることができないんだな。そうして同じように海面に漂っているクラゲを食っている。だから肉はぶよぶよしてたいしてうまくないが、村の老人たちはフケケの軟骨をしゃぶっているのが好きだ。

そこで私が潜ってフケケをロープでぐるぐる巻きにし、カポとネギーが引きあげて生け獲りにした。

海にはアグウのように、深い岩の下に定住してじっとしているものや、フケケのように波や風のままにふらふらしているものまでいろんなやつがいるのだけれど、タルデワカシの言うような歩く魚なんていうのはまったくヘンテコだ。

巨大なフケケをカヌーの艫（ とも ）（船尾）にのせ、滑って落ちないようにロープでカヌーに縛りつけていると、村の浜で第二の白煙があがり、タンガの音がさらにポカポカ大きくなった。

タンガというのは中の汁を抜いて丸い空洞にした椰子の実を十一個つなげ、輪にしたもので、これを首にかけた男が両手に持った棒であっちこっちの椰子を叩く。同時にそこいら中を歩き回るという、ものすごく疲れて大変な楽器なんだよ。そうだなあ私がこれを見た時、カミナリをまず即座に思いだしたよ。

「カメまつり」はこのあたりの島ではどこもやるけれど、そこにいくつタンガが出てくるかでまつりのえらさが違ってくるんだよ。それだけタンガを叩ける人が少ないということだな。

フンデロッテ村では二対のタンガが出ていた。私たちが浜につくと、もう村人はみんなまつりの広場に集まっていて、カメ踊りも始まっていた。

カメ踊りというのはカメの甲羅を背中にくっつけて踊る、という文字どおりのものだけど、立ちあがって両手両足をふり回して踊るさまがおかしくて、みんな笑いころげている。

カメには青と赤がいて、このまつりははじめ青ガメと赤ガメがふたてに分れて踊りを競いあう。カメの甲羅を背中につけて踊る人は女でも男でもいいんだが、やがて、それぞれ甲羅が赤か青か違っている男と女が一対になって踊り出す。これはまあ「結婚」みたいなもので、踊りのリズムがうまくあう者でないと一対になることを周りが許さない。踊り達者の競争でもあるし、男と女のお見合いみたいなものでもあるんだな。二時間踊ってもどうしても一対になれずに、その年のまつりは終わってしまうということもあるそうだ。

第二章 ターラの踊り

「カメまつり」に出場している村人は、若いのもいれば老人もいる。みんな背中に赤海亀や青海亀の大きな本物の甲羅を背負い、顔に汗が流れ落ちるのを止めるため額のあたりに紐をきりきり巻いている。背負っている甲羅は、それぞれの家族がその年つかまえてきた海亀の中から最も大きくて立派なものを選んでいる。

カヌーが浜に着くとカポとネギーはあらかじめカヌーに積んできた甲羅を大いそぎで背負い、踊りの輪に向かってかけだした。もともとカポもネギーもカメまつりに参加する予定だった。村の人がまだ知らないアグウをつかまえていって、まつりに集まってきた村人たちを驚かせよう、という作戦だったのである。

「どこで何をしていたんだ！　もうとっくに始まっているんだぞ」

ネギーの父親がタンガを叩きながら顔を真っ赤にして怒っている。もうひとつのタンガは片目のウッゴだ。ウッゴは夜もぐりの名人で、腕のいい突きモリ漁師だが、数年前にクパアが目に突き刺さって大怪我をした。クパアは海面すれすれを矢のように飛んで泳ぐ細長い魚で、夜中に潜っていた人間が水面にあがった時、その人の目が月の光など反射して光ると、それを狙って突き刺してくるめちゃくちゃに危険なやつだ。日本ではダツと呼ばれている魚だよ。ウッゴは目にクパアが突き刺さったとき、そのまま浜にあがってくると、怒ってそいつを抜き取り、ばりばり生のまま食ってしまったというものすごい奴だ。

ネギーの父親とそのウッゴが向かいあい、戦うようにして激しくタンガを叩いている。そのタンガを中心にして、十数人のカメの甲羅を背負った男女がリズムにあわせ、それぞれ自分流の手ぶり足ぶり身のこなし方で、自分こそ一番強い亀だということを踊って表現している。

男も女も腰に布を巻いただけで上半身は裸のままだ。噂どおりターラの姿があった。ターラは十六歳で、今年初めてカメまつりに参加した。カポもネギーもずっと前からこのターラを将来自分の嫁さんにするのだ、と言って張りあっていた。

ターラは鼻がつんととがっていて黒い大きな目が美しかった。母親と一緒に紅サンゴの多い「髪すき海岸」の沖あたりで、いつも潜ってサンゴ獲りの仕事をしている。だからカポもネギーも、それからもちろん私もターラの海の仕事を手伝って仲良くなろうとして、そこへ接近していくのだが、ターラの母親はとてつもなくこわい人で、カヌーで行ってもすぐに見つけられて怒鳴られる。それでもぐずぐずしていると、ターラの母親はキリサキ貝を口にくわえて、それをものすごい息の力で吹きつけてくる。キリサキ貝は吹き矢のように三角錐になっていて、命中すると相当に痛いのだ。

村ではターラ親子は群生しているネバ椰子の上に小屋をつくって住んでいるので、夜中に母親が眠ったあと忍びこんでいく、というのもなかなかむずかしい。

でもまつりの時は堂々とターラに接近していき、踊りのうまさを見てもらうチャンスだった。ターラは赤海亀のなかなか恰好(かっこう)よく反りかえった甲羅をつけ、海鬼蔓(うみおにづる)から紡いでつくった赤い冠巻きをして汗で体を光らせ、相変わらずの向こうっ気の強さで目を鋭く光らせながら力を込めて全身をふるわせている。全身をふるわせても体のとおり動いているまだ固い乳房が美しいので、村の男たちはみんなターラを見ているようだったよ。で、まずネギーがターラの前に踊り出て、必死にターラの踊りの動きに合わせようとした。

これはなかなかむずかしいもので、相手の手や足が次にどっちへどう動いていくか、ということを瞬間的なカンでつかみとり、自分もそのようにしなければならない。でもネギーはまったくダメだった。ターラが片手を素早く頭のうしろにあてると、ネギーは頭のうしろにもっていくべき手を尻のうしろにおいちまうし、ターラが片足回転すると、ネギーは両手で天を突いてとびはねているといったあんばいで、まったく同調しない。

では今度こそと代わりに出ていったカポにいたっては、二人の顔と顔が正面を向きあう一瞬すらないのだ。そのふがいなさに周りの見物人はまたもや大笑いで、カポもネギーもすっかりあてがはずれて、悔しがってそこらをころげ回っている始末だった。

で、見物人が、同じ年頃の私に向かって「次はおまえがやってみろ」と口々に言うのだよ。私はよその国の者だから、そういう伝統的なまつりに参加するのは遠慮していたのだけれど、あまりみんなが口々に「テケネ・ケレ、テケネ・ケレ！（やってみろ、やってみろ！）」とけしかけるものだから、誰かの甲羅を借りて飛び出していった、という訳だ。

それでどうなったか？

いやあ、私はその時はじめて知ったのだけれど、亀の甲羅を背中にくっつけると、あれはなんというのだろう、甲羅が勝手に人間の手足を動かしていく、というような強引で不思議な「あやしいちから」のようなものがあって、砂浜の上に立つと、ひとりでに手足があっちこっちに動いてしまうのだ。でもって私の踊りときたらカポやネギーにくらべる余裕もないほどのめちゃくちゃぶりで、五分もしないうちに周り中の者たちの大笑いの声の中で、あおむけにひっくりかえっていた。

かくしてその年のフンデロッテ村のまつりには、周りの者が皆で認める若い男と女の組みあわせはひとつもできなかった——という訳だ。

まつりが終わると、人々はすこしぐったりしてさびしくなる。フンデロッテ村の次のまつりは、その年の一番暑い季節の闇の晩に行われる「たいまつくぐり」だが、それまではまだ沢山の日数がある。

「ああ、やれやれ。アグウは獲りそこなうし、亀まつりでは三人揃って笑い者になってしまうし、どうもさんざんだなあ」

私とカポとネギーは、その数日後の月の晩に浜辺に出てそのようなことを言い、口々にぼやいていた。もう雨期がすんでいたから、夜の浜を歩いてもギ・ゲゲ（砂かじり）は出てこない。

昼間、村のある家で出産があり、そのまじないにやってきたタルデワカシから、ネギーはキネ・キネの実をひと袋もらった。キネ・キネはまじないの火をもやす時に使うパチパチはぜる実で、これをかじると最初は口の中がバクハツする。でもそれでも我慢してさらに噛んでいると、しだいに口の中がぼわんと甘だるくしびれてきて、やがて頭の中もぼわんとしてくる。口の中や外の感覚がなくなって、喋る言葉もネボケ声のようになってくる。でもまたすこしたつと頭の中が夢のようにまるく透明になって、気持がバクハツしそうなくらいえらく大きな力にみちてくるのだ。

三人でこいつをかじってぼんやり海を眺めていると、ふいにカポが、

「そうだ。三人でゲンゲの海へ行こう！」

と、でっかい声で言った。

「なんだと？」

ネギーが寝ころがったまま、やっぱり寝ころがったような声を出した。

「タルデワカシの言っていた、もっと別の沢山の海のことがどうも気になってしかたがないんだ。ゲンゲの海の《歩く魚》というのを、どうしても見たいんだよ」

「なんだと!?」

ネギーがもう一度言ったが、今度は寝ころがった声ではなかった。見るとやっぱりネギーは立ちあがっていた。

「じつはおれもこのあいだからそう思っていたんだよ。おれのじいさんは嘘をつかない。だからその《歩く魚》というのは必ずゲンゲの海にいるはずだ。そう思うとどきどきして眠れなくなってしまうのだよ」

「じゃあ、いつかみんなでその海へ行ってみようか」

なんだか嬉しくなって私がそう言うと、カポが首を横に振った。

「だめだ、だめだ。〝いつか〟じゃだめだ。すぐに行くんだよ」

「ええ？　なんだと」

ネギーがまた丸い目をむく。

「東の方向とわかるだけじゃ無理だよ。ここからどのくらい離れているかわからないし、何日かかるかわからない」

「だからすぐにと言ったってまったくただ今すぐ、ということじゃない。そういうことを調べてのことだ。だけどいつかそうしよう、というんじゃなくて、すぐにその準備を始めるんだよ」

カポの声はさっきよりも落ち着いていた。

「なあるほど」

私はカポの言っていることがよくわかった。つまり〝本気〟だってことなんだ。

「どんな準備をしたらいいかな」

ネギーがまた砂浜にすわった。どこかでケトケトが鳴いていた。夜になると汁のたっぷり入った花袋をふくらませる忍冬（すいかずら）の甘い匂いに誘われてやってくるフルーツバットの仲間だ。

「おまえはまずタルデワカシにもう少しそのゲンゲの海の位置や、そこまでの距離を聞くことだ。海の地図があったら一番いいんだが、まあそれはきっと無理だろうから、話だけでもいい。おれはそこに行ける船を見つけてくる。ノケは水のことを考えてくれ」

カポはいつものようにテキパキした口調でそう言った。

——そうそう、言い忘れていたけれど、この話をしてくれた私のおじいさんの総之助は、その島ではノケと呼ばれていたそうなんだ。ソウノスケというのは島の人にはとても言いにくいから、その中から「ノケ」だけ取り出して、そう呼んでいた、という訳なのだね。

だからこの話も、そろそろこのあたりから「私」が「私」として語っていくのじゃなくて、カポやネギーと同じようにそこで呼ばれていたノケの名前で話を進めていくようにしようと思う。話はいよいよ漂流記に入っていくのでもあるからね。

さて、そのノケはカポに「水のことを考えてくれ」と言われた。つまりその旅に持っていく「水」のことだ。村の漁師たちがカヌーで海に出ていく時、通常持っていくのは乾燥した椰子の実に穴をあけたものを水筒がわりにしている。あけた穴はあの例の衝立状の岩山ケンペラ・ケネのあたりに沢山生えているパタパコ（タルヒルギ）の茎を栓にする。パタパコの茎はコルクによく似ていて水を吸うと必ずふくらむので具合がいいのだ。

さて、しかしゲンゲ海域というちょっと二、三日では帰ってこられそうもない遠い海へ行くのだから、この椰子の水筒ではあまりにも心細い。何かもっと大きな水の密閉容器を考えなければならない。

そこでノケはマンブケーに目をつけた。その島に生えているマンブケーは、日本の竹と少しちがって節と節の間隔がとても長い。ここに穴をあけていって水を詰めていけば、一本のマンブケーで相当な水を蓄えられるはずである。ノケはそのことを思いつくとすぐに試してみたくなり、マンブケー林に行ってとりわけ太いのを一本切り倒してきた。長さは十メートルもあるから、かつぎ出してくるだけでも相当に大変だったが、なんとか自分の小屋の近くまで引きずってきた。それから船大工が使う切り込みナイフで、まず節と節の真ん中に穴をあけていった。マンブケーも十メートルの長さのものになると相当に固い。苦労してようやく親指が入るくらいの穴をあけた。それからモンガラの木にのぼって三角形をした葉を何枚かとってきた。この葉を丸めてジョウゴの代わりにして中に水を入れていった。

ノケが思ったとおり、節と節の間ひとつにケケ・ワンに入れた水の三分の一ほどが入ってしまった。ざっと目見当で、椰子の実の五個分ぐらいである。水を入れた穴をパタパコの茎で栓をすれば一ブロック終了。このようにして一本のマンブケーの節と節の間に水を入れていったら、まず十日以上の水は確保できるだろう。ノケは頑張ってこの細長い水筒を二本作ることにした。

その頃カポは自分の小屋の天井の隅に隠しておいたチャンバの巣の大きなひとかたまりを引っぱり出し、それから小屋のうしろの土の中にケケにくるんで埋めておいた夜光赤色貝を掘り出した。両方ともカポがここ数年の間に自分で獲りためておいたものだ。

カポの持っている夜光赤色貝は、とりわけ大きな極上もので、夜は月の光を浴びると見事に赤紫に光がおどる。そのくらい立派なものになると、もう充分にカヌー一隻ぶんぐらいの価値があった。

カポはこの両方を持って村の西のはずれに向かった。途中、フンデロッテ村の魚の神様がまつってあるネグレの洞に入って漁師ふうの祈りをささげた。ネグレの洞というのは、ずっとむかしこのあたりの海岸に全身モケ・ラケ（玄墨岩）色をした男が流れ着いた。通りかかった村人がそれを見つけ、まだ息があったので近くにある洞に運んでいって看病した。男は水をもらって嬉しそうにしていたが、その晩死んでしまった。しかし翌日からその時期には珍しい子持ちのアキャア・ケ（尾上魚の一種）が大量に島にやってきて何日も続く大漁になり、村人は大いにうるおったという。以来、この黒い男を看病した洞の奥にモケ・ラケの丸石をおき、大漁の神様のいる黒い人（ネグレ）の洞と呼ばれるようになったのだ。

カポが訪ねたのは、この洞からさらに西へ回りこんだ小さな山の上にすむ村の長老の一人モフア（白長髭）の家だった。カポは数年前に沖で櫂を失って流されているモフアを助けたことがある。以来、親交が続いていた。モフアは一人暮らしで、もうめったに漁に出ない。いや出たくても体が弱って出られなくなってしまったのだ。

「モフアのカヌーをこれで譲ってくれ」

カポはいつもそうするように、会ったとたんにまず用件を伝えた。そう言いながらモフアの前にチャンバの巣のひとかたまりと巨大な夜光赤色貝を並べてみせた。

「これと交換だ。いいだろう」

モケ・モッコ（ハンモックのようなもの）の上でうたたねしていたモフアは、目の前に並べられたふたつの品物を見て目を見張った。「大きな夜光赤色貝だ。こんなのを見たのは、この歳になるまで一度もない」

モフアはすっかり歯の抜けた口でもがもごとそう言った。

「カヌーを持っていっていいか？」

カポが聞いた。

「なに？　カヌーだと。これの代わりにか。もちろんだ。何隻でも持っていきな、と言いたいが一隻しかないけどな」

もがもご声の冗談が、かろうじて聞きとれた。

そのままカポはモフアのカヌーをあげてある海岸へ行った。二本の天牛（かみきつ）の木につないであるモフアのカヌーは両側フロートつきの旧式のものだったが、その分、頑丈な大型船なのでカポの考えているゲンゲ海への航海にはもっともふさわしい。

永いこと使われていないらしく、椰子の葉の覆いをはずすと、モフアのカヌーの本体はすっかり乾いていた。

滑車がわりになっている二本の天牛の木を上手に使って、カポは大型カヌーを海の中にゆっくり降ろしていった。

いつか自分用のカヌーを、と思って永いこと秘かにその代価を蓄えていたのだが、ようやく望みのものを手に入れた喜びでカポの全身はさらに力強く褐色に輝き、ふりそそぐ陽光をはねかえしていた。

その頃ネギーはタルデワカシの小屋に行き、口嚙み酒のトゥンブクですっかりいい気分になっていた。

ネギーは、おばあさんのガブに頼んで、トゥンブクをわけてもらい、それをタルデワカシのところへ持っていったのだ。タルデワカシが大好きなペンクコッケ（てったら貝の一種）の干物もしこたま持っていった。

ペンクコッケは大型の二枚貝だが、満月の晩だけ五十〜六十センチはある細長い舌を海底から飛び出させている。この舌は普段はぐるぐると貝の中に巻き込まれているのだが、満月の時だけ砂の上にこれを突き出しているので、非常にわかりやすい。獲る時は潜っていって海底から出ているこの舌を素早く手にからめる。ペンクコッケは慌(あわ)てて舌を貝の中に戻そうとするが、人間の力のほうが強いので、ずりずりと自分で勝手に砂の中から飛び出してきてしまうという、けっこうマヌケな貝なのであった。しかし満月の時しか獲れないので貴重な貝でもあった。

このペンクコッケを焼いてタルデワカシとトゥンブクを飲みつつ、ネギーはゲンゲの海のことをいろいろ聞いた。

タルデワカシがゲンゲの海へ行ったのは十歳になる前の頃で、はじめて大人たちと一緒に帆つきの大型カヌーで漁に出た時だという。

その時、ヨギ（サワラの一種）の大群を見つけたので、海鬼蔓を細かく編んで作った前帆をあげてどんどん追っていった。腕のいい漁師たちだったのでやがてヨギを二百匹以上も渦巻網に追い込んだ。さて村に戻ろうとしたのだが、なにしろヨギというのは大きくて力の強い魚だから網ごと引っぱってくるのはものすごく重い。運の悪いことに向かい風になっていて、汐の流れも逆だ。いつの間にかどんどん流されてしまい、気がつくといままで漁師たちが行ったこともない海域に入っていた。

やがて夜になり、月が出てきた。この時、大人の漁師たちが赤く染まった海でマ・ケマ・ケマを見たのだという。タルデワカシはその時はもう疲れて船底で眠っていたので運よくというか、いま思えば残念なことに（とタルデワカシはいうのだが……）見ることができなかった。

翌日もカヌーは流され、さらに大人たちの知らない海域を行き、数日間流された。そうして大人たちが何度か口論した末に、ようやく網をひらいて獲物のヨギを逃がし、身軽になってなんとか命からがら自分らの島に戻ってきた、という訳なのであった。

タルデワカシの乗ったカヌーはその時にゲンゲの海に到達したらしい。空腹と疲労で、どうもタルデワカシの記憶はおぼろで曖昧(あいまい)のようだったが、その時にいままで見たこともないような形をした船が近寄ってきて、タルデワカシの乗ったカヌーの人たちとしばらく話をしていたようである。

歩いたり飛んだりする魚のことは、きっとその時に聞いたのだろう、とタルデワカシは懐かしそうな顔になってそう言った。

「そっちへ行く方向を、もう少し詳しくおしえてくれないか」

ネギーが言うと、タルデワカシは急に真顔になり、「もしかすると、おまえたちはそこへ行く気なのか？」とあたりの様子をうかがうようにして聞いた。タルデワカシの住んでいるところは村からはるかに離れて、周りに誰もいないのだから、そんな心配をする必要はない。そのことに気づいてネギーは笑った。

「行くのはいいが、わしがその話をしてそのかしたと思われたら困る。おまえの親父や母さんに言っちゃあダメだぞ」

タルデワカシはどうやらそれが心配のようであった。

「そんなことは誰にも言わないよ。だから協力してもらいたいんだ」

ネギーが力を込めて言った。

ノケは水のほかに少し保存のきく食べ物をなんとか確保しておきたい、と考えていた。ノケがこの島にやってきたのは鹿児島の海運会社の拓洋丸という小型貨物船であったが、この時、保存食料で一番役にたつのが塩づけ豚であることを知った。カヌーで海に出れば好きなだけ魚が獲れるから飢えるということはないだろうが、それでもずっと魚ばかりというのではあきてしまう。そこで豚を一匹つかまえておこうと思いたった。野豚はケンペラ・ケネの近くに沢山いた。

いつもならカポやネギーらと面白がって豚狩りをするのだが、いまはそれぞれが秘密の船出の仕事で忙しい。そこで一人でつかまえてみることにした。

フンデロッテの人々の野豚の獲り方は、ケンペラ・ケネの一方に沢山のカチャ（わんがらの木の殻で作った鳴子（なるこ））を持った人々が勢子（せこ）（おどして追う人々）になってひろがり、まねし草のあたりまで野豚を追い、海で使うさし網をそのまねし草の一端に隠しておいて追い込む。

一人では大変だが、狙う獲物が一匹ぐらいだったらやれないことはなかった。そこでノケは丈の高いまねし草に網をしつらえ、棒にカチャ殻で作った鳴子をいっぱいつけて野豚がやってくるのを待った。

やがて草むらがガサガサいって、いよいよ目あてのものがやってくるようだった。ノケは息をつめ、一番効果的に仕掛けの網まで追い込んでいける方向を考えた。そうとはしらずに、野豚はどんどんノケのひそんでいる近くまでやってくる。いまだ！　と見当をつけて、ノケはありったけの声で「ありゃありゃりゃ、どりゃりゃ、こりゃどりゃあ!!」と、野豚を追う時の声を張りあげ、カチャ殻の沢山ついた棒を激しく上下にゆさぶりながら駆けだしていった。

野豚がびっくりして走り出したのがわかった。

「どりゃどりゃ、こりゃどりゃこりゃあ!!」

ノケはできるだけ勢子が大勢いるように見せるためにジグザグに走りながら、どんどん網の方向へ追いつめていった。そうしていよいよあともう一息！　というところで、まねし草の真ん中にノケは思いもよらないものを見つけたのだった。

ターラがそこにいたのだ。

ターラはものすごく怖い顔をして腰のナイフを抜き、両手をひろげ、いまにもこっちにナイフを突き出さんばかりの表情で立っていた。

「ありゃ!?」

ノケは思わず棒だちになって間抜けな声を出した。見たところターラは一人だけで、近くにあの恐ろしい母親の姿はないようだった。

「ありゃあターラ、こんなところで何をしているんだい？」

ノケがネギーのように目を丸くして聞いた。

「こっちのほうこそ聞きたいわ。いきなりヘンな声を出して、いったい何なの!?」

ターラの声はそのいつもキリッとした顔と同じように厳しかった。ノケが握りしめているカチャ殻の沢山ついた棒を見て、ターラはノケのやろうとしていたことに気がついたようだった。

「ひどい。あんたもしかすると私を豚と思ったんじゃないの!?」

ターラが鋭く言った。

「いや、そんな訳じゃ……」

ノケは慌てたが、もうすでにターラにそっくり見抜かれてしまっている。

「なんてことを。私を豚と間違えるなんて」

ノケはこの時、島の女性をもっとも侮辱する意味の言葉が「豚と間違えそうな女」である、ということに気がついた。そのとんでもない間違いを、よりによって島で一番美しいターラに対してやってしまったのだ。

「ノケは本当にひどい。そんなものまで持ち出してきて、私を豚にしてからかうつもりだったのね」

ターラは光る目でノケが手にしているカチャ殻の鳴子とノケの顔を交互に睨みつけた。

「いや違うんだ。これはそうじゃなくて」

ノケはますます慌てる。

「何が違うの。それで本当に野豚でも追っていたとでも言うつもり！」

ターラがそう言うのもたしかだった。野豚獲りはいつだって村の男たちが総出でやるものと決まっている。一人で野豚を狩る、などということは、逆に言うと村の人みんなでひとつの椰子から同時に椰子ジュースを飲む、というくらいヘンテコな話なのだ。

「お母さんに言いつける！」

ターラが言った。

それは一番オソロシイ話だった。

「ちょ、ちょっと待ってくれ」

ノケはすっかり狼狽してしまった。

「待ってくれ、ターラ。ちょっと話を聞いてくれ」

ターラがきびすをかえし、村の方向に向かっていまにも走り出そうとするのをとめようと、ノケは大慌てで両手を振った。まだ鳴子を握りしめたままだったので、そいつがいっそう派手にじゃらん、じゃらんと鳴り、ノケはますます身が縮みそうになった。もしそのままターラの母親に告げ口されると、ノケは村中の女たちの怒りを買い、もしかするとケノケノ会議に呼び出され、吊るしあげにあってしまうかもしれない。

フンデロッテ村は母系社会で、いい意味での制度統一がなされている。たとえばそのひとつが価値の基準だ。

海への依存の大きい生活だから、船で漁をするのは男だが、獲ってきた食料としての獲物を料理するのは女で、そこでは漁仕事と料理仕事が等しく拮抗(きっこう)している。

男は海で根気と力のいる仕事をするが、陸に帰ってくれば、あとは何もしなくても女たちが生きていくためのしつらえをしてくれる。

フンデロッテ村では、ぼうっと海を見ていることがけっこうエライ。早起きして夜中まで慌ただしく働いている人は、困ったヒトというふうに言われる。これは男も女も一緒で、一番いいのが、午前中仕事をした者は午後ぼうっとしていてもよくて、午前中ぼうっとしていても午後働いていれば充分評価される。女ばかりが一日中働いて、くたくたの人生を強いられないようにするための配慮が働いているのだ。

美の基準はすべての生き物に共通して女が上になっている。犬でも亀でも椰子ガニでもボウバア（海陸ねずみの一種）でも、みんな同じだ。

女の美をそこねさせるような言動、女の容貌について男がどうこう言うのは、とてつもないマナー違反だ。夫婦で喧嘩して、たとえば夫が「このテンケレ（ヨコメウオのこと）女め！」などと怒鳴ったら、もうそれだけでケノケノ会議に訴えることができる。どうしてそのようなことを言ったのか、村の女たち全員の前できちんと釈明できなかったらひどいことになる。

ノケが恐れたのは、それだった。このままターラが母親のところへ行って「豚扱い」されたことを言えば、あの母親はたちまちケノケノ会議を開いてノケを裁くだろう。そうなったら釈明のために野豚を一頭だけでも急いで必要としたことの説明をしなければならない。釈明できなければ、たぶん村からの追放もあり得る。ここはなんとしてでもターラが母親のところへ話しに行くのをやめさせなければならなかった。

「ターラ聞いてくれ。頼むから聞いてくれ」

ノケは叫んだ。

「なんなの？　言い訳ならお母さんの前で言ってよ」

ターラが言った。ひゃあ、とノケはさらに慌てて両手を振り回した。カチャの鳴子棒はさっきそのへんに放り投げたから、もうやかましい音をたてずにすんだ。

「ターラ。頼むからそれだけはやめてくれ。実はこれには深い訳があるんだよ」

ノケは必死だった。

「深い訳だって。私を豚にすることの深い訳なの？」

「いや、そうじゃなくて」

簡単には誤解はとけそうになかったが、しかしとりあえず、すぐにターラが母親のもとに走っていかずにいるので、それだけでもよかった、とノケは思った。

「じゃあ、どういうこと？」

相変わらずタ－ラの目は油断なく光っている。いいかげんなつじつま合わせの話は通用しない目だった。もはやこれまで……とノケは思った。

「タ－ラ。じゃあ訳を話す。だからそのナイフをしまって、おとなしく聞いてくれないか」

また両手をひろげ、左右に大きくひろげた手の先をひらひらさせた。このあたりで一般的に使っている「心をひらいて仲良くしよう」のしぐさだ。

タ－ラは母親に似てナイフ投げがうまかった。カポたち村の男たちよりもはるかに上手だ。

少し迷っていたようだが、やがておとなしくタ－ラは自分のナイフを腰の鞘(さや)に収めた。

ノケは思い切って、自分たちの計画をタ－ラに話した。すっかり話し終わると、タ－ラはさっきよりもさらにぎらぎら光る目になって、

「一緒に行く！」

と、いきなり言った。

「えっ？」

「私もそのゲンゲの海へ一緒に行く。近ごろこんなに胸がどきどきはずむ話はなかったわ。ねぇノケ。お願い。私もその船の旅につれていってちょうだい。毎日毎日おんなじ

海を見て、おんなじような仕事のくりかえし、怖いお母さんにいつも見張られている生活がいやになってきていたのよ。海を見て一人で船でどこかへ行ってしまいたい、と思っていたくらいだわ。だからお願い。私も一緒につれて行って！」

思いもよらないことをいきなり口ばしるので、ノケは驚いてしまった。

「本気で言っているのか？」

「当たり前でしょう。こんなに面白そうな話を聞かされてしまって、そう思わないほうがおかしいでしょう？」

「だって、どうなるかわからない旅なんだぞ。方向だってまだはっきりしてないし、途中にはマ・ケマ・ケマ（満月になると出てくる怪物）だっている。いつ帰ってこられるかもわからないんだぞ」

「だからますます面白いんじゃない。ねぇ、カポとネギーに話をしてよ。急いで話をしてよ。ターラも一緒に行くって！

そうとなったら、旅の仕度をしてくるわ」

ターラは立ちあがった。とにかくこの娘はなんでも風のように激しく素早いのだ。

「ちょ、ちょっと待ってくれターラ。まだ出発の日は、はっきり決まってはいないんだ。それとお母さんには、このこと絶対に言ってては駄目だよ。話してしまったら、すべては終わりだからね。それと……」

ノケがすっかり言い終わらないうちにターラは走り出していた。

「わかった。それは守るわ。だからカポとネギーに話して。でもそうとなったら、もうじっとしていられないのよ！」

まねし草の中へターラはたちまち消えてしまった。

「えらいことになってしまった……」

ノケはしばらく呆然としていたが、しかしこうなってしまったものは仕方がない、と思った。早いうちにカポとネギーに訳を話し、かれらの考えを聞いてみるしかない。

その時、まねし草の原の向こうで、またガサガサいう音が聞こえた。ターラが戻ってきたのか、と思ったが、今度はどうやら本物の野豚のようだった。

ノケが腰をかがめ、息をひそめてじっと様子を窺っていると、やはりそれは野豚であった。さっきまでノケが鳴らしていたカチャ殻の鳴子の音に気づき、そしていましがたターラが草の中を走っていったので、野豚は慌て、かえってノケのいる方向に走ってきたのかもしれなかった。

なにはともあれ、それは願ってもないチャンスであった。ノケは再び鳴子を拾い、さっきよりももっと大きな声で「ありゃありゃりゃ、どりゃりゃ、こりゃどりゃあ!!」と叫びながら仕掛けの網の方向に走った。野豚がびっくりして網のほうに向きを変える。ノケは勢いづいてさらに大きな声を張りあげ、鳴子を振り回し、ジグザグに突っ走った。

やがて野豚のびゃあびゃあわめく声が聞こえた。まねし草の中の網に突っ込んだのに違いなかった。

まねし草というのは、その名のとおり、近くにあるものにいつの間にか同化して、それと似たような形になるので、野豚もそれに見事に騙(だま)されてしまったのだ。

走っていくと、前肢と鼻先とその下の小さな牙を網にひっかけてフウフウびゃあびゃあ怒っている。まだ子豚の幼さの残る小ぶりの若い豚だった。ノケは怒って暴れる野豚の牙に突かれないように用心して、持ってきた椰子ロープで素早く後足を縛った。二、三度蹴られ、けっこう頑丈なその爪で少々傷つけられたが、後足さえ縛ってしまえば、あとはうまくいった。

ターラという思わぬ邪魔は入ったが、かえってそれで当初の目的は果たせたのだ。ノケはたった一人で野豚を獲(と)えたことが誇らしかった。カチャ殻をはずした棒に野豚をくくりつけたが、一人で運ぶのはちょっと難しそうだった。

少し迷ったが、いったん野豚をそのままにして、村に戻ることにした。ターラの一件もあったから、できるだけ早くカポを見つけて、その話をしなければならないし、野豚をかつぐ相棒にもなってもらいたかった。

走っていくと村の裏手のあたりでウッゴと出会った。片手にモケー（先端がYの字形になった長い果実取りの棒）を持っているので、どうやらパンノキの実を取りに行くところらしい。思ったとおり背中に大きな籠を背負っている。

その姿を見てノケは名案を思いついた。航海に出るにはパンノキの実も重要な食料だった。しかしこの木は島中の一本一本がすべて持ち主が決まっていて、勝手にもいでしまう訳にはいかない。

（そうだ、豚と交換だ！）

ノケのひそかな名案というのはそういうことだった。野豚を塩漬けにするといっても、三人で（もしかしたらターラを入れて四人で）も一頭分はいらない。飽きてしまうし、まさかそんなに食べるほど永い航海になるとも思えない。だからウッゴにその半分をあげて、その代わりにウッゴのパンノキの実をわけてもらうという〝作戦〟だ。

「ウッゴ！　ちょっと話があるんだ」

ノケは走ってきた荒い息のまま言った。

「なんだ。どうして走っている？」

ウッゴが用心深くあたりを見回しながら言った。すべてのんびりしているこの島では、よほどのことがないと走ったりはしない。

「豚を一頭つかまえた。まだ若いうまそうなやつだ。これを半分やるから、ウッゴのパンノキの実を少しわけてくれないか？」

「なんだと？」

ウッゴの片一方だけの眼がぎらんと光った。考えてみると、ウッゴは昔、魚突きばかりやっていたので、最近はカメや豚の肉のほうが好物になっている。

「どこにいる？」

ノケはいま走ってきた方向を指さした。

「縛ってころがしてある」

「よし、じゃあ見せてくれ」

ウッゴは話が早い。急ぎ足でさっきの網のところへ戻った。丈の高い、いちめんの草原だが、相変わらず野豚のびゃあびゃあいう声が聞こえるので、すぐ居場所はわかる。着いてみると、もう野豚の周りのまねし草があちこちほんわり丸いかたまりになって、豚の真似をしている。

「ほう、これはちょうど手頃な豚だな」

ウッゴは嬉しそうな顔をした。

「どうだい。さっきの話は悪くないだろう」

ノケがやや胸を張る。

ウッゴは頷いた。

「パンノキはどのくらいほしいんだ？」

「そうだな、十個はほしいな」

「ふーん。随分沢山いるんだな」

ウッゴがそんなに沢山のパンノキを必要としている訳を聞かないだろうか、と少しヒヤヒヤしたが、黙って頷いたきりだった。

「よし、じゃあ交渉成立だ」

ノケはすぐに仕掛け網をはずしにかかった。あちこちまねし草がからみついているので、けっこう苦労する。

それからウッゴの籠に野豚を入れて二人で担ぎながら、まずはウッゴの家に向かった。道々ウッゴに野豚をさばいて半分にしてもらうことも頼んだ。肉切りのナイフさばきのうまいウッゴに、そういうことをまかせてしまったほうが話は早い。

野豚を縛った椰子ロープを解き、獲物はウッゴの小屋の床下につながれ、びゃあびゃあいう騒ぎ声はようやく少し静かになった。

それからすぐに二人してウッゴのパンノキに向かった。

パンノキという面白い名前の木は熱帯地方にはわりあいよくあるクワ科の大樹で、十六世紀に太平洋を航海していたスペイン人がソロモン諸島でこの木を見つけ、ぶらさがっている巨大な実がパンそっくりなので「アル　ボル　デル　パン」と名づけた。スペイン語でパンは、あのパンのことである。これが英語にそのまま訳され、「ブレッドフルーツ　ツリー」となり、それがそのままパンノキという名になったという。

大きな木で高さ十五メートルはゆうにあり、ここに人間の頭ほどの実が百個ぐらいぶらさがっている。

ウッゴはノケと協力して幹の途中までロープを使ってよじ登り、長い柄のついたモケーをのばしてよく熟したのをひとつひとつもぎ取っていった。

ウッゴは自分の食事用のために五、六個取りにきたのだというが、約束どおり、ノケのために十個落としてくれた。山盛りのパンノキの実はウッゴの籠にずしりと重い。まったく期せずして、野豚とパンノキの実が手に入り、ノケは大満足だった。

パンノキの実の料理はいくつもある。焚火に放りこんで焼くと芋のような味になるし、水で煮たのを杵（きね）でつぶして文字どおりパン生地のようにして、ここにココナツミルクをまぜ、バナナの葉にくるんで蒸すと餅のようになる。このやり方が一番長持ちするし味もいいので、ノケはそのことを考えていた。

料理の仕方に独特のコツがあり、それは何人かの知り合いのおばさんに分けて頼もう、と思った。一度にそんなに沢山のパンノキ餅を作ってもらったら、どうしても目立ってしまう。

（ああ今日はつくづく幸運な日だった……）

ノケは満足して自分の小屋に帰った。

するとうまい具合にカポが向こうからやってくるところだった。見慣れない大きな櫂をかついでいる。

「ひょっほう」

ノケの姿を見つけて、カポはカン高い声を出した。そして近くまでくると、あたりに聞こえないような声で、しかし実に嬉しそうにそう言った。

「やったぞノケ。ついにオレのカヌーを手に入れたぞ」

それから三日目の夜、カポの小屋にネギーとノケとターラの四人が集まった。

ターラの件は、ノケが心配する間もなく、カポとネギーは体をゆすって、その突然の参加を喜んでいた。ターラはなにしろカポとネギー、そしてノケにとってもあこがれの娘である。その娘がすすんで自分らの冒険の航海についてきてくれるというのだから、そんなに嬉しい話はない、という訳である。

もっとも、このことをターラの母親が知ったら大変なことになるだろう。

「だけど海に出てしまえば、もう誰も追いかけてこられないから、こっちのものさ」

いつだって何事についても呑気(のんき)で悠然としているネギーは、四人による最初の秘密打ち合わせの時にそう言った。

ターラも嬉しそうに頷いている。この作戦にターラ一人が加わっただけで、準備の話し合いがこんなにも楽しいものになるとは思いもよらなかった。それはネギーが正直に話す以上にノケも同じ気持だった。カポだって俄然、気合が入っている。

三人で手分けした準備は着々と進んでいた。カポが手に入れたカヌーはアウトリガー（カヌーと結ばれた安定用の浮材）を補強し、帆の破れたところを何個所か繕っておけばいいだけの状態になっていた。

ノケの手に入れた野豚は約束どおりウッゴに半分あげ、代わりにパンノキの実を十個もらった。野豚の塩づけは三人の知り合いのおばさんに作ってもらうことにした。ネギーはタルデワカシに何度も聞いて、かなり詳しい海の地図をこしらえていた。

ターラはパンノキの実で餅を作る、と言った。一番力のいる杵でこねる時だけ、誰か手伝ってほしい、と言うので、カポとネギーとノケの三人が同時に手をあげた。そうしてみんなで笑いあった。ターラはさらに航海の途中で海から手に入れるための魚や貝を獲る道具を探す役を自分から言い出し、さっそくそれらの行動に移った。

ネギーがタルデワカシの記憶をもとに作成した地図はナンデ椰子の葉を細く編みこんで作った葉布織の巻帯に描かれた。ゲンゲの海に至るまでは海流が半日ごとに正反対に巨大な渦を巻いて動くところがあるらしく、この時、方向を間違えると、カナン大海という二、三カ月進んでも島ひとつない海域に流されてしまうのだという。

ゲンゲの海域には沢山の島があって、有人島も無人島もある。有人島の中には戦闘的な人の住んでいる島もあって、カヌーの船団をつくって攻めてくることもあるらしい。

もっともそれはタルデワカシが子供の頃、ゲンゲの海へ流されていった時に大人たちから聞いた話で、今はどうかわからないようだ。

いずれにしてもゲンゲの海に散らばる島々はヨソの国であるから人種も言葉も考え方も違う、というのは昔も今も変わらないようだ。

これらは、ネギーがタルデワカシから、そういう昔話をただ聞きたいから、と酒を飲ましては、いい気持になって喋っているのをもとにしている。当然、自慢話も沢山含まれているだろうから、その判断が難しいところだった。

見知らぬ海にどんな怪物がいるかわからないから、武器としてのキ（槍）とキキ（先が三叉になった主に鮫をつかまえる時の槍）を持って行くことにした。

出発の用意は大体ととのった。問題はターラができるだけ長い時間、母親に気づかれずに脱け出せる時はいつか、ということだった。それは夜明けしかないようだった。

「よくわかった。夜の間におれたちはすべての仕度をして村の一番西のはずれの鱏の尾岬のあたりで待っている。太陽があがる前までにやってこなかったら残念だけど出発する」

カポが言った。たしかにそのくらいの時間でないと、他の漁に出るカヌーに見つかってしまう公算が大きかった。

村の長老たちは、勝手に他の部族の島へ行くことを禁じていたから、見つかって追いかけてこられたりしたら、せっかくの準備や意気込みが台無しになる。ましてターラも連れていくのだから、ターラの母親は怒り狂って、すぐ連れ戻すように長老たちのところで大騒ぎするだろう。

「いいか、太陽の昇る前に出ていくからな」

カポがもう一度言った。

「わかった」

ターラが光る目で頷いた。

出発の日は、それからきっかり十日後だった。夜の間、三人の男たちは忙しかった。ノケが用意した水をたっぷり入れた二本のマンブケーをカヌーの左右に頑丈に縛りつけ、塩づけ豚のたっぷり入ったケケ・ワンとパンノキの実で作った餅や椰子の実もマンブケーで編んだ〝カラミ〟(竹紐の網のようなもの)でカヌーの後部にしっかりしまいこんだ。

海はおだやかで、いい出船日和(びより)だった。すべての仕度を終えると、あとは水平線の向こうがうっすらと白くなる夜明け前の時間とターラがやってくるのを待つだけになった。

三人とも妙に無口になっていた。村のはずれで、あたりに人はいないから、秘密の出発といっても、そんなに慎重に音をたてずに黙りこんでいる必要はなかったが、三人とも一様に、本当にターラがやってくるだろうか、ということが心配だったのだ。だからどうしても時折、耳をすませて村の椰子の浜の向こうからやってくる足音を待ってしまう。その間にも東の空のあたりが確実に白く光り始めていた。水平線の上にある雲が、その先からゆっくり昇ってくる朝陽(あさひ)をいち早くとらえて、ほのかに白く光り始めるのだ。まだ太陽は丸い水平線のはるか向こうにあるのだが、いったんそのあたりが白み始めると朝は急速にやってくる。もうそろそろ出発の限度だった。やっぱりタータは動物のように感覚の鋭い母親に寝床を脱ける前につかまってしまったのだろうか……。

三人とも大きな落胆を含めてそう思い始めた頃、村の方向から人の走ってくる足音が聞こえた。かろやかで獣のように素早く闇の中を突っ走ってくる白いものが見えた。タータだった。両手にマンブケーで作った籠をかかえている。

「よし、出発するぞ!」

カポが言い、ノケとネギーが水の中に入ってカヌーを押した。タータがそのまま海の中に走りこみ、カヌーにたどり着いた。大きく荒い息をしている。

「大丈夫だったのか。出てくるのを見つからなかったか?」

ネギーが言った。

「ぐっすり眠っていた。でもまったく何も言わずに出てくると大騒ぎをするから、あんたたちとちょっと数日間、遠い海へ行く、ということを書いてきた。びっくりするだろうけれど、まったくどこへ行ったかわからなくなるよりも、そのほうがいいと思ったん

だ」

荒い息のままターラが言った。

「えっ？　本当か？」

カポが目を丸くした。それじゃあまったくこの秘密の船出が台無しじゃないか、と思ったのだろう。ターラがそのことを素早く察したようだった。

「でも大丈夫だよ。わたしがあんたたちに無理やり連れていかれたと思われるほうがもっと大変なんだ。どっちみちこれでしばらく村からいなくなってしまうんだから、わたしが自分から出かけていったということをわかってもらってたほうが、うるさいことにはならないから……」

なるほどターラの言うこともよく頷ける。

この娘は思っていた以上に賢いのかもしれなかった。

「そうか、しかしどっちにしても早く沖へ行こう！」

カポがカヌーの舳先(へさき)に立って言った。前帆をあげて、四人のカヌーはようやく丸く見えてきた水平線に向かって静かにスピードをあげていった。

第三章

光るくねくね

リーフから出ると海の色は濃い藍色に変わった。とたんに大きなうねりが押しよせる。《手まねき　あと吹き》と呼ばれる低く海面すれすれに走る早朝特有の風が、四人の乗ったカヌーをぐいぐいと鋭い速さで沖に走らせる。モフアのカヌーはとびきり大きい。V字形をした先端の波切りは、次々に押しよせてくる大きな波を鉈(なた)で割るように、ぐいぐい切り裂いていく。ターラは舳先(へさき)に立って長い髪をばらばらと風に吹き流し、全身で興奮しているようだった。カポはもっとスピードをあげるために、ネギーとノケにアウトリガーとは逆の位置に座るように言った。そうするとカヌーのバランスが変わってアウトリガーが水面からはねあがり、波の抵抗を少なくさせるので確実に速さが増すのだ。ただしあまり重心を片側にかけすぎてバランスを間違えると、そっち側へひっくり返ることがある。しかしカポは、その年齢にしては充分にさまざまな経験を積んでいた。

「ひーり、ひーりー」

ターラが海鳥の飛ぶ歌をうたい始めた。ぐんぐん上昇してくる正面の太陽に向かって、まったく四人のカヌーは海鳥が飛んでいくように、かろやかに力強く突っ走っている。

太陽がすっかり昇りきり、あたりが光る海だけになった頃、もう四人が船出してきたフンデロッテ村はもちろんのこと、あれだけ高いケンペラ・ケネをいただく島そのものがまるで見えなくなっていた。

朝の強い風もおさまってしまったので、いまはゆるい風をつかんで、海流にのって進む方向へまかせっきりにしている。

太陽の角度とタルデワカシの記憶をもとにつくった海図をネギーが時折見て、自分たちの進んでいく方向を確かめる。ターラが朝がたマンブケーの籠に入れてどっさり持ってきたのは、まだ新しいマレマレだった。大きなマンゴエビの肉とヒゴノッケの実（アマヒワの仲間）をすりつぶしてまぜあわせた食べ物で、とても元気が出る。いろいろこまかく出発の準備をしていたカポたちは、海へ出てからのことばかり考えていたので、結局こういう当座に食べる物など何も考えていなかったからターラの気づかいがありがたかった。椰子の実ジュースを四人でわけて飲み、マレマレのかたまりを食べると四人はすっかりくつろいだ気分になり、たあいのない冗談を言ってはみんなで笑いあった。

うねりは朝出てきた時よりもおさまっていて、四人のカヌーの周りは見わたすかぎり海しかなかった。海は見事に丸くひろがっていて、雲は遠い水平線の上にわずかにへばりついているだけで、あとはいちめんの青空と丸い海原だった。

「このままいくと何が出てくるの？　ネギー」

ターラが少し退屈した声で言った。

ネギーは海図をひろげ、太陽と海図を交互に眺めてから、

「まだわからない。いまは島がひとつも見えないからな。ひとつでも島が見えたら何かわかるんだけどな」と悔しそうに言った。

時折、カヌーの周囲で魚がはねる。急にターラが叫んだ。

「みんな見て見て、イネレ（ハナサキイルカ）だ、イネレがいるよ」

よく見ると舳先の少し先に数頭のイネレの姿が見えた。遠い海への漁に出る時、イネレが船先を案内するように泳いでいると大漁になる、という村の言い伝えがある。

四人は嬉しくなった。イネレは賢くて海の神様のひとつに数えられている。

数えてみると水先案内してくれているイネレは全部で四頭いた。

「おれたちと同じ数だ」

ノケが言い、みんなで頷（うなず）きあった。

「あの一番左にいる頭が丸くてでかいのがネギーのイネレだな」

カポが言う。見るとまさしくその一頭だけ頭が丸く大きかった。カポの言うように本当にネギーの頭に似ているので、ネギー以外の三人がまた大笑いした。

「こら、おくれるなおまえ」

ネギーが自分に似ていると言われた左端のイネレを励ましている。四頭のイネレはそれから一時間ほども四人のカヌーの舳先を走りつづけた。

その日の午後おそく、ターラの用意した流し釣りで大きなモノモッケ（サワラ）が一匹かかった。ネギーがナイフでさばき、カンテラとコンロの役をするナンの実油のナコカンでそれを焼いた。サワラは皮つきのまま軽く焼いて食べるのがうまい。パンノキの餅とで腹がいっぱいになった。そうして船出の第一日目は、なんということもなく暮れていった。

カポは星を眺め、風のにおいをかいで、自分たちのカヌーが確実に南下している、と言った。主帆はおろし、小さな前帆だけつけて、みんな眠ることにした。ターラは涼しいところがいいと言って、カヌーとアウトリガーをつなぐ横木に張った網の上に横になった。

「眠っていて誰も気づかないうちに海に落ちたら死ぬだけだぞ」

カポが注意した。

「落ちないよ」

ターラは少し怒ったようにそう言ったが、ネギーの差しだしたマケネラ（ロープ）で自分の体とカヌーの帆柱を黙って縛りつけた。

男たち三人はカヌーの舳先と艫と真ん中に、それぞれ横になった。今日は朝起きるのが早かったし、くたびれてもいたのでみんな寝入るのが早かった。タルデワカシの言うとおり海流が安定しているのだったら、風が激しく変わらないかぎり眠っているうちに、さらに目的の海域に近づいていくはずであった。

翌朝カポが起きて、すぐに大声を出し、カヌーの中の二人を起こした。

「おい、大変だ！　ターラがいない！」

まだ寝ぼけまなこのネギーとノケも、そのひと言でとび起きた。

「大変だ！」

ターラの寝ていた網の張りだしのあたりは、もぬけのからだった。

カポとネギーとノケは険しい顔を見合わせた。まさか冗談まじりに心配したことが本当になってしまうとは……。

するとその時、カヌーの艫のほうから、

「みんなまだ寝てて！　起きちゃだめだよ。寝ていてよ！」

という元気な声が聞こえてきた。間違いなくターラの声だった。いきなりそう言われても、すぐ寝てしまう訳にもいかない。一体どうしたことかと、三人はターラの声のするあたりを眺めた。

するとカヌーの艫よりもっとうしろの海の中にタ一ラが泳いでいる姿が目に入った。よく見ると裸のようだった。ただ泳いでいるだけでなく、艫のあたりから長いマケネラをのばし、それにつかまっている。どうやらタ一ラは、朝の行水代わりに海に入っているようだった。

素っ裸のままだから、三人でいつまでも見ていては悪い。

「タ一ラ、だけどギル（サメ）に気をつけろ」

カポが叫んだ。

「大丈夫。注意しているから」

気持よさそうにタ一ラが答えた。考えてみたら、タ一ラは小さい頃から母親と一緒に海に潜って貝を探していたのだ。リ一フの外にも行っていたからギルの怖さも、その注意もそっくり頭に入っているはずだった。

やれやれ、と安心し、カポとノケは艫のほうを見ないようにして、さっそく朝食の仕度を始めた。

ネギ一は海図をひろげ、カヌ一の向かっていく相変わらず丸い海を眺める。遠くの水平線に、とぎれとぎれに雲がかかっている。島があると、その上に雲がかかっていることが多かった。タルデワカシの話だと、一晩か二晩すぎないと最初の目的の島は見えないというのだが……。

朝の太陽がずんずんあがってくると、海全体が白く光り、丸く見える海面が大きくふくらんでくるように思えた。

ネギーは何度も水平線をぐるりと見わたした。とくに水平線のところどころにちぎれてへばりつくように、海面ぎりぎりに浮いている雲の下は注意深く目をこらした。

ネギーはタルデワカシが言っていたことを思い出していた。

「海流にのってとにかくどんどん東南の方向に行くと、やがて三つの島が見えてくる。それがゲンゲ海域の入口だ。ひとつだけの島や、五つや六つも島が見えるところはだめだ。違う海域に流されているのだ。海流も季節によって右や左に大きくくねり動く時があるから、それが問題なんだ」

トゥンブク（ヤシで作る発酵酒）ですっかりいい気持になりながらタルデワカシは同じことを続けて言ったので、これは重要なことなのだな、とネギーは直感したのだった。

「海流がくねり動くのを知るにはどうしたらいいんだ？」

ネギーはここが重要だ、と思ってすぐ聞いたのだが、タルデワカシは「それがわからない」とまるであっさり答えた。

「だから海に出たあとはネンコネッケの歌をみんなでうたうしかないんじゃ」

酔ってすっかり赤い目になったタルデワカシは両手を左右にひろげて、それをひらひらさせながらネンコネッケのおまじないの歌をひとしきりうたった。祈禱師(きとうし)だから当然上手だし、それを覚えておくのも大切だと思ったが、しかし今はそういうことよりも帆を使ってどの方向をめざしたらいいかとか、目印になる島のことをもっと詳しく聞いておきたい。

もともとゲンゲの海へ行ってこい、とそそのかしたのはタルデワカシであったが、いざ実際に「行く」と言ったら「そんなことは大変なことだ、やめたほうがいい」と親類の者に大騒ぎして伝えるのもタルデワカシなのである。永年の付き合いでネギーはよくわかっていたので、情報の収集も、自分らが本当に行く気であるのを気づかれないようにするために、けっこう大変なのだ。

ひとしきりいい気持でネンコネッケのおまじない歌をうたったあと、ようやくタルデワカシは島の数のことを教えてくれたのだった。

みんなは朝食代わりに椰子の実を割り、そのジュースと殻の周りのコプラを、それからターラの持ってきたマレマレを食べた。強い太陽の光が四人の体をやき始めた。カポはカヌーの船尾の物入れからウケウケ（バンダナスで織った小規模のまくり網）を引っぱりだした。それから前帆と主帆の間にマケネラを何本も張りめぐらせて、その上にウケウケを乗せて要所要所をマケネラで固く結びつけた。こうするとカヌーの前面を覆う具合のいい陽陰(ひかげ)ができる。

「当分は何もやることがないから、その下で寝ころがっていろよ」

カポが言った。

でも、カポはもちろん他の三人もそこで寝ころがることはなかった。まだ船旅に出て二日である。体中が興奮していた。

外洋は波もうねりも高い。海流と同じ方向に向かって、いい風が吹いていた。まずは申し分のない順調な航海のスタートだった。

舳先に立ってカヌーの進んでいく方向をずっと眺めていたターラが、

「あれは何？」と叫んだ。

全員がターラの指す方向を見る。

波の間に何か巨大な白いものが見えた。海面に浮かんでいるようだった。距離感がまだ正確につかめないが、フンデロッテ村の集会所ぐらいの大きさはあるようだ。

カポが帆と舵を巧みにあやつって、その正体不明の白い浮遊物にカヌーを接近させていった。近づいていくと、そいつは集会所の三倍以上はありそうだった。要するに広場ぐらいの大きさといっていい。全体に丸く青白く、中央部分にわずかに赤紫っぽい芯のようなものがあった。

「ノケノッケ（クラゲ）だ！　こんなでっかいの、生まれてはじめて見た」

ネギーが叫んだ。カポもそいつの正体に気づいたらしく大きく頷きながら、しかしさすがにびっくりした顔をしている。

「ひゃあ、すごいノケノッケだ。乗ることができそうなくらいだね」

ターラの声がはしゃいでいる。本当にそれは人間一人ぐらい簡単にその上に乗ることができそうだった。

「乗ってみるよ」

ターラが舳先に走り、そう言うのと同時にもうカヌーを蹴って飛んでいた。

「あっ」

と、男たちが同時に叫んだ。

いくら巨大といってもノケノッケである。ターラの体はたちまちノケノッケを突き破って、その下の海に落ちてしまうだろう。

しかし、ターラはノケノッケの上に見事に四つん這(ば)いのまま乗り移っていた。

「おお!」

男たちがまた同時に叫んだ。まったくなんというとてつもないノケノッケなのだ。

ターラはゆっくり立ち上がり、両手を腰にあてて得意気にカヌーの上の男たちを見上げた。

「もしかすると、これは島かもしれないよ。ノケノッケ島だよ」

ターラが冗談を言い、それからノケノッケのもっと中心部に向かってゆっくり歩き始めた。ノケノッケはターラがそうして歩いてもまったく何事もないように、ゆっくりのんびり波とうねりの中に漂っている。

「面白そうだ。おれも行きたくなった」

ネギーが口を丸めてそう言った。

その時、ノケノッケの外側の、丸い円形の縁のすべてが同時にいくらかめくりあがるのが見えた。ノケノッケの縁の内側は表面よりも少し赤みがかっていて、よく見ると、その縁の周りには触毛のようなものが無数にあって、それが急に一斉にぬらぬら動きだしていた。

「ターラ！　戻ってこい！」

カポが叫んだ。カヌーを背にして、どんどんノケノッケの中央のほうに歩いていくターラは、ノケノッケのぐるりの縁が一斉にまくれあがってきたのにまったく気づかないようだった。

「ターラ、戻れ、戻るんだ！」

カポだけでなく、ネギーもノケも口々に叫んだ。ターラは何も知らず振り返ると、叫んでいる男たちに向かって手を振った。

すると、まるでそれが合図でもあったかのように、まくれあがってきた縁が一気に空中にぐるりと立ち上がり、まるでデンドロ（ウツボカズラ）の花壺のような形になると、ターラをそっくり包みこみ、そのまま驚くほどの速さで水中に沈みこんだ。

「わっ」

と、男たちは叫んだ。一瞬のうちに巨大なものが目の前から姿を消してしまったので、いままで目の前で起きていたことが、悪夢のようで、三人は思わず顔を見合わせた。しかしそんなことをしている場合ではない、と一瞬早く気づいたのがカポだった。カポはカヌーにころがっていた鉈刀（なたがたな）を掴（つか）むと、そのまま頭から海に飛びこんだ。少し遅れてネギーとノケも海中に飛びこんだ。

沢山の泡が蒼（あお）すぎて黒く見えるような海底に向かってひろがっていた。ノケにはすぐには水の中の状態がわからなかった。島で育ったカポやネギーが本気でぐいぐい潜っていく水の中の動きの速さにノケはついていけない。

しかしカヌーの真下のあたりに、巨大な水とは違うかたまりがあるということにノケも気づいた。カポとネギーが、まっしぐらにそれに向かっているようだった。

たくさんの泡が海の中から噴きあがってくる。ノケのあまり鮮明とはいえない水の中の視界に、どんどん深く潜って行くカポとネギーの姿が見えた。そしてそのさらに下に、海の水とはあきらかに色の違う巨大な生きもののかたまりがあって、それがものすごい速さで深く深く沈んでいくのが見える。

カポがなんとか〝そいつ〟に追いついているようだった。カポの体が〝そいつ〟の上でぐるぐる回っているのが見える。ネギーも追いついた。また沢山の泡が海中から噴きあがってきて、ノケの視界はさらに悪くなった。しかしノケも懸命に潜り続けた。深度が深まるにつれて肺が重く圧縮されていくのがわかる。

もう十五尋（一尋は約二メートル）は潜っているだろう。ノケも口から空気を少し吐き出した。水圧が左右の耳の奥にがんがん響いてくる。

鼻を押さえ、肺の中の空気を左右の耳に少し送りこんだ。すぐ下に青と白のまざったような大きなかたまりが近づいてきた。カポが〝そいつ〟にとりついて鉈刀を振り回しているのが見える。

いきなり大量の泡がバクハツするようにそのあたりから噴き出し、なにかとてつもなくしなやかなものが、その真ん中のあたりから飛び出してきた。

ターラだった。ターラがケネコッケ（タチウオの一種）のように激しく身をくねらせながら、海面に向かって進んでいく。そのうしろからカポとネギーも浮上してくる。ノケも体を反転させ、海面に向かった。カポが見事に〝あいつ〟を切り裂いたのだ。

ターラを先頭に、四人は新鮮な空気の下へ必死に突き進んだ。おびただしい泡と一緒に、ノケは空気の中に上半身を突き出させた。おいしくて、心地のよい命の大気が、肺の中いっぱいに流れこんでくる。

すぐ近くの海面にターラがあおむけにひっくりかえって、しゅうしゅうと激しい音をたてながら大気を吸い、そして吐き出していた。

カポとネギーがそのターラの肩や腕をつかみ、カヌーに向かって泳ぎ出していた。慌ててノケもそこに向かった。

「ノケは先にカヌーにあがってくれ！」

カポが叫ぶようにして言った。そうか、誰かがカヌーに先にあがってターラを引きずりあげてやるほうがいいのだな、とノケはすぐにそう判断した。考えてみたら、ノケは彼らのあとについて潜っただけで、ターラの救出の手伝いはまだ何もしていないのだ。

ターラはカヌーの中で、じきに元気を取り戻した。まだいくらか青い唇(くちびる)をしていたが、その唇を噛みしめて、自分の失敗を悔しがっていた。

カポが怒っていた。

「ターラは大ばか者だ。今度また勝手にあのようなことをしたら、もう二度と救けてなどやらないぞ」

カポは真剣に怒っていた。

「これから先、どんなことがあるかわからないんだからな。どんな怪物が出てくるかわからないんだからな」

ターラはうつむき、悔しくて肩のあたりを激しく震わせていた。でも、そうしながらもカポの言うことに頷いていた。

「もし今度またあんな勝手なことをしたら、おれたちはおまえを海の中においたまま先に行ってしまうからな！」

ターラがまた小さく頷いた。

ネギーとノケは前帆と主帆を大きく張って、風をいっぱいに取り入れる仕事をした。二人は時折、あたりの海面を眺めた。あのクラゲの化物がどこかに浮上していないかと気になっていたのだが、そういうものは丸い海原（うなばら）のどこにも見えなかった。

その日は夕方までずっといい風が吹き、カヌーは軽快に波を切って進んだ。椰子のジュースを飲み、ひと休みしたターラは、ようやく完全にもとの状態に戻った。

「あいつの中はどんな具合だった？」

ネギーがさっきからそれが知りたくてたまらなかったのだと言わんばかりに、目と口をまんまるにしながら聞いた。

「そうだね。最初はワム（大きな波の崩れる真ん中の空間。チューブともいう）の中に入ったみたいだったよ」

「じゃあ、空気はあったのか？」

「ほんの最初の頃だけね。すぐに海水が入ってきた」

「やつが潜っていくのがわかったのか？」

「最初はわからなかった。でもやがて周りが海の水だらけになって、鼻と耳が痛くなってきたから水の中に引き込まれているのだってすぐわかったよ」

「あいつはターラを食おうとしたのだろうか？」

ノケが聞いた。

「わからない。遊ぼうとしたのかもしれないよ」

いつの間にか、いつもの気丈なターラになっていた。

「おまえを食う遊びだったかもしれないぞ」

カポが言った。カポはまだ少し怒っている口ぶりだった。

夕方になり、遠く海面が夕陽に赤く映える頃になっても、ネギーの探している島影はまるであらわれなかった。風がとまり、波やうねりも急速になくなってしまった。こうなると海流まかせになるから、カヌーがどっちへ進んでいるのかよくわからなくなってしまう。

四人はマンブケー（竹）の筒の中の水を飲み、流し釣りで獲った何種類かの魚を食べ、黙って暮れていく空を見あげた。雲のない空はたくさんの星が出てくるはずであった。

星を見て進んでいく方向が確認できる。

丸い海のふちまで夜の闇が覆いかぶさろうとしていた時、遠くの水平線を眺めていたネギーが「あっ」と低い声で叫んだ。

風も波もなくなって、すっかりあたりが静まりかえっていたので、その声はカヌーの中のみんなに聞こえた。

「どうしたの？」

ターラが振り返ってネギーの顔をのぞきこんだ。

「島だ！」

ネギーが暮れていく遠い水平線のかなたから目を離さずに、はずむような声で言った。皆はネギーの見ている方向に目を凝らした。しかし夜の闇は急速にあたりを暗くしていく。とりわけ目のいいネギーでないと、その遠い闇のどこに島が見えるのか、誰も見当さえつかなかった。

「だめだ、夜のおりてくるほうが早い。いまはもう見えなくなってしまったけれど、でもさっき、たしかに島が三つ見えた。間違いないよ」

残念そうにネギーは言った。ネギーの言っていたのはたしかなのだろう、と皆は思った。

「じゃあ間違いなくおれたちはゲンゲ海域（南の方にある海域）に入ってきているんだ」

ノケが言った。

「そうだといいが」

カポだけが頭の上を眺めながら少し心配そうな声を出した。

「どうしたの？」

タ一ラがカポの声に敏感に反応する。

「星が少し違うと思うんだ」

いつの間にか頭の上にいくつかの光の強い星が出ていた。

「おれたちは南の三角星に向かっているはずなんだけれど、それとは違う方向に進んでいる」

「本当だ！　ズー（赤い星）に向かっている」

タ一ラが不安そうな声を出した。

「おかしいなあ。じゃあさっき見えた三つの島は、どこの島だったのだろう？」

ネギーがもうすっかり闇に包まれた海域に目を凝らし、悔しそうにつぶやいた。

「赤い星が近づいてくると目玉がまわる、とタルデワカシが言っていた」

タ一ラの声はまだ不安そうだった。

「目玉がまわるというのは、どういうことだろう」

「わからない。タルデワカシは魚に聞いた、と言って時々とてもヘンなことを言いだすからなあ」

「魚というのはタルデワカシの守り神のアグウ（巨大な嚙みつき魚）のことかな？」

「わからない。でもタルデワカシの言うことは、本当のことも時々あるからなあ」

みんなは口々にいろいろなことを言いあった。

星あかりだけの海は、うっすらと黒く光っているように見えた。

「風が吹くといいんだがなあ」

カポが悔しそうにカヌーの上で両手を振りまわす。波と風の止まってしまった海は気味の悪いほど静まりかえっていて、黙っているとなんだか苛々(いらいら)してくるようだった。

「こういう時はコノッケコノッケ・ポーの歌をうたうといいんだよ」

ネギーはそう言ってさっさとうたいだした。ポーというのは風のことで、風よ吹いてくれ吹いてくれ、という意味の歌だ。カヌーの上も暗くてネギーの顔の様子までよく見えなかったが、きっとポーポーポーとくりかえす時に髭のはえた口を丸めて大きく突きだし、力をこめてこぶしを握りしめているのだ。

そういう歌をうたっても、すぐに風が吹きだすとはとても思えなかったが、ネギー一人だけにうたわせておくのもおさまりがつかないので、まもなくみんなで声をあわせ、ポーの歌を何度かくりかえした。

やがてくたびれてしまい、ネギーが「そろそろおしまい！」と大きな声でいった。その言い方は、まるでやけくそそのものだったので、みんなで同時に笑った。

「いま頃、フンデロッテ村はどうしているかなあ」

ノケが星空を眺めながら言った。

「考えてみると、ターラが手紙を置いてきたのはいいことだったなあ。そうでないと大変なことになっていただろうなあ。きっとタルデワカシあたりがとっちめられていたよ」

「ネギーがタルデワカシのところへ何度もかよっているのを誰かに見られていただろうからな」

「そうだ。どこへ行ったかタルデワカシが知っているだろうと思われるから、どっちみちターラの母さんあたりにいろいろ聞かれているよ」

「タルデワカシは、おれたちがゲンゲの海へ行ったと気づいたかなあ」

「そりゃあ、すぐわかるだろう。ネギーがあれだけ同じことを聞いていたのだから……」

「どうかなあ？　タルデワカシはいつもトゥンブクに酔っぱらってたからなあ」

「おなかがすいた！」

ターラがはじけるようにカヌーの舳先近くに行き、波をかぶっても濡れないように何枚ものケケで覆ったケケ・ワンから塩づけの豚肉を取り出した。

「ターラ、こっちにも頼む」

カポが言うと、ネギーもノケも同じように頼んだ。まだ夜が始まったばかりで、眠気などどこにもない。こんな時は塩豚の脂のあたりを噛んでいるのが一番よさそうだった。

フンデロッテ村では、塩づけ豚は第一番のごちそうである。

「ノケ、おこらないで聞いてちょうだい」

ターラがいきなり笑いだし、カヌーのへりに腰かけながら、ふいに言った。

「いったいなんだ？」

「ノケがこの野豚を獲りに行った時、あたしを豚と間違えたでしょう」

「またその話か……」

ノケがうんざりした口調になった。

「いいえ、違うのよ。ずっと騙(だま)しているのはいやなので、早いうちに言ってしまおうと思っていたんだけれど、実はアレは、あたしが仕組んだ作戦だったのよ」

「えっ？」

「あの日、ノケがカチャ殻の鳴子を持って、一人でまねし草の原っぱの中に入っていくのを遠くから見て、あたしはノケが何をしようとしているのか、すごく気になったんだ」

「ふーん」

いったいターラが何を話そうとしているのか、ノケはもちろんカポやネギーたちも大いに気になり、みんな黙ってターラの話に耳をすませた。

「それで、そおっとあとをつけていったんだ。そうしたらどうやら一人で野豚を獲ろうとしているらしいとわかった。そうなると、どうして一人でそんなことをしようとしているのか、とても気になったんだ」

「ふーん」

「だって野豚狩りは、村の男が大勢でやるものでしょう。一人でそれをやろうとしているというのは、きっと何かとても変わった理由があるんだと思い、それを聞きだすために、あたしはわざとああして野豚に間違われたんだ」

「ターラ、ずるいぞ！」

ノケが立ちあがった。

「でも、それしかその訳を知る方法を思いつかなかったんだ。それを言ったら、ノケやほかのみんなもきっと怒るだろうと思ったけど、でもさっきも言ったように、ずっと騙したままでいるのはいやだったからね。だからノケもみんなも怒っていいよ。今日はあたしは、どっちみち怒られっぱなしなんだからいいんだ」

そこまでいっぺんに言われてしまうと、ノケは改めて怒る気にならなくなっていた。カポもネギーも同じ気持ちらしく、ネギーなどはむしろ笑いだしていた。

「ターラはすばしこくて頭がいい。ちょっとしゃくにさわるけれど、こういう旅にはそういうことがきっと役に立つよ。だからノケも許してやれよ」

カポが言った。

「まあ別にそんなに怒ってなどいないさ。でもターラはうその芝居が本当にうまい。これからはもう騙されないようにしないと……」

ノケが独り言のようにして言い、それを聞いてみんなが笑った。

「しかしまあ、どっちにしてもこの肉はうまい」

ネギーが口をもぐもぐさせながら言った。

「だけど喉が渇くなあ。いまは椰子もあるし、水もまだいっぱいあるから平気だけれど、これでもしおれたちがなかなか目的の島にたどり着けなくなったりしたら、あまり塩の肉は食べられなくなるな」

「ネギー、いくじのないことを言うなよ」

カポが口の中からぴゅっと暗い海に豚の皮を吐き出したあと、大きな声でそう言った。

「あっ！　あれはなんだろう？」

その時、カポの声よりももっと大きな声でターラが叫んだので、他の三人は一斉に立ちあがってしまった。

ターラが叫んだ理由はすぐにわかった。

ターラの見ていた遠い海面に何か光るものがあった。それは赤っぽい松明の炎のような色で、いくつも細長く続いている。

ひとつひとつは小さな光だったが、いくつも連なっているので、光る海へびが海面を

くねくね動いていくように見える。ちょっと見ただけでは距離感がうまくつかめなかったが、そのくねくね連なる光の列は、けっこう長いようだった。

しばらく見ているとそいつは、あきらかに海面をくねくね漂うようにして、四人のカヌーに接近してくるようだった。

夜の海に光る生き物というのは随分沢山いて、カポたちもこれまでたびたびいろいろなものを見ている。多くは夜光虫、つまり小さな光るプランクトンである。夜光虫が出てくるのは雨期から乾期の時、そしてその逆の時というように季節の変わり目の頃がとくに多かった。寄せ波が砕けると、まるでそこだけ燃えあがるように海が光る時もある。

フンデロッテ村の老人たちは、それをビネレ・ネレ（海のあくび）と呼んで、夜の海の神さまのひとつと考えていた。だから始まったばかりのカポたちの航海に夜光虫が出てくるのは嬉しいことであったが、しかし、そこに見える光るものは、それにしては島で見慣れたものと少し様子が違っていた。カポたちはビネレ・ネレが小さな海の虫の集まりだと知っていたから、波がないのにずっといつまでも光っている、ということがとても変だ、と気がついていた。

「なんだか随分大きいぞ、あれは」

ネギーが声を押し殺すようにして言った。夜の海なので、みんなにはまだうまく距離感がつかめなかったのだが、目のいいネギーは、どうやら自分たちとそいつの距離の見当がついてきたらしい。相変わらず赤と橙色の光を交互にともしながら、そいつはゆっくり海面をくねっている。

「なんだか気味が悪いよ」

声をひそめてターラが言った。

「こっちへ近づいているのかな？」

「さっきよりも近くなっている。でもまだ、だいぶ遠い。こっちへこようとしているのかは、まだわからない」

ネギーが言った。

あれだけ大きく光っているのに、まだだいぶ遠い、ということは、それだけそいつが巨大であるということだ。

ノケはふと気になって、頭の上のズーを見上げた。やはりあの星へ近づいてはいけないということなのだろうか、と改めて不安をつのらせたのだ。

いつの間にかカポが、カヌーの舳先のあたりに立っていた。片手に大きなキキ（海槍）を握りしめている。

「あっ」

ネギーが小さく叫んだ。

「どうしたのネギー」

ターラの声も大きくなった。

「あそこを見ろ」

カヌーのうしろを指さしているネギーの姿が星あかりの下に見えた。ネギーの指さす先に、もうひとつ別の光って動くものが見えた。いま右舷に見えているのより光はもっと薄く、遠かったが、そいつもどうやら右舷に見えているのと同じ仲間のようだった。

「こっちもだ」

いきなりカポの声がした。船首の波切り板の上に立ってその先を見ているカポの向こうに、やっぱり同じように遠くぬらぬら動いて光るものがいる。

「わっ」

ターラがまた叫んだ。

「それだけじゃないよ。あっちにもこっちにも……」

ターラの声は、なんだかさっきまで声をひそめて恐ろしげにしていた気配がなくなっていた。なるほど光る生き物は四人のカヌーをとり囲むようにあっちこっちに出てきていて、そうなるとなんだかヘンにおかしいような感じだった。

一番最初に見つけたやつは、やっぱりじわじわと確実に四人のカヌーに近づいてきている。

「いったいなんなのだろう。あいつら……」

ターラがもう声をひそめることもなく、立ちあがって周りの海のぐるりを眺めながら、じれったそうに言った。不思議なことに三人の男たちも、その頃同時にさっきまでの恐怖心や警戒心をゆるめていた。

その一群は急速に増えていて、数えてみると二十いくつも集まってきていたが、どれもある一定の距離まで近づいてくると、まるで申しあわせたようにそれ以上接近してくることもなく、ネギーの見当でいうと大体三百尋（ひろ）ぐらいのところでくねくねしているだけだった。

依然として、なんだか正体のつかめない生き物であることに変わりなかったが、別段、攻撃的なものでもないようだとわかると、四人はなんだか急にくたびれてしまい、いつの間にかみんなしてカヌーの中に横たわってしまった。前の晩、ターラはアウトリガーとカヌーの本体をつなぐ張り網の上で眠ったのだが、さすがにその日は男たちと同じようにカヌーの中に横たわった。一人だけ海面に近いところで眠っている間に、あの、やっぱりどう見ても気味の悪い「光るくねくね」（その頃になると四人はそう呼んでいた）にすぐ近くまでやってこられたりしたらたまらない、と思ったようだ。

そうしていつの間にか、みんな眠ってしまった。

この日の朝、一番早く目をさまし、大きな声を出してみんなを起こしたのはネギーだった。

「起きろ、起きろ。さあみんな目をさませ！」

それぞれ口の中でぶつくさ言いながら、他の三人がもぞもぞ動き、体を起こした。

「流れが出ているぞ。いい感じでカヌーが走っているぞ！」

ネギーの声が弾んでいた。

まだ太陽が出てくる前だったが、海面はすっかり明るくなっていた。波やうねりはとくにないが、ネギーの言うように、四人のカヌーはとても速い潮流に乗っているようで、船首の波切りやアウトリガーのフロートのあたりでは白い切り裂き波がでている。

「おお！」

カポが嬉しそうな声を出した。

「やつらはどうしたかな」

ターラの言うやつらというのが、ゆうべのあの「光るくねくね」であることはすぐにわかった。

「みんな夜の間にどこかへいってしまったよ。おれたちがちゃんと遊んでやらなかったからだろうなあ」

ネギーが元気よく言う。

「カポ。海の中に入っていいか？」

ターラが聞いた。フンデロッテ村の人々は男でも女でも顔を洗い口をすすぎ、大小便を朝の海の中でする。

カポは海面を眺め、それから片足を海の中に突っ込んで、カヌーの進んでいる速さを調べた。

「マケネラで体を縛れ。それからギルに注意するんだぞ」

カポが言い終わる前にターラは片一方の端を帆柱に結びつけたマケネラで自分の腰のあたりを素早く縛り、そのまま頭から海に飛びこんでいった。

ノケはマンブケーの筒を切り、その日のみんなの飲み水を用意した。

「どのくらいこの流れに乗っているんだろうか。どっちにしてもおれたちが眠ってしまってから出てきた流れだろうけれど、どのくらい進んでいるのか知りたいところだな。地図でわかるか？」

カポがネギーに聞いている。

一番早く目をさましたネギーは、もうとうにあちこちの水平線を眺め、行き先の目印になる島の影を探していたのだろうが、ネギーの鋭い目にもカポがひとわたり見わたしたのと同じような、ただひたすらひろがる海原しか見えなかったようだ。

「どっちにしても南に向かっている」

ネギーが言った。そしてその時、太陽が昇ってくる東の水平線に、ぎらんと赤い光芒(こうぼう)

が走った。

四人は風に吹かれながら思い思いの恰好(かっこう)で朝食用のパンノキで作った餅を食べ、椰子の実のジュースを飲んだ。椰子の実は、あともう四個しか残っていなかった。ノケが工夫して用意したマンブケーの筒の中の水は、まだ一本半も残っていたから、渇きの心配はなかった。

その日は、太陽が昇ってくるのと同時に、さらに海流が速くなってくるようで、風の力を借りずに四人のカヌーは東南の方向に鋭い速さで進んでいった。

それにしても速い海流だった。カポはこれまでフンデロッテ村から随分離れたところまでカヌーを出したことがあるが、こんなに速い流れの海はまだ見たことがない、と言った。

「まるでカワのようだ」

と、ノケが言った。

「カワ?」

ターラが聞いた。

「フンデロッテ村のケンペラ・ケネ(衝立(ついたて)のような崖)のあたりに、ふたつのキトキト(水神様)があるだろう」

キトキトは日本で言う湧き水だった。衝立のような岩の間から流れ出てくる水がフンデロッテ村の人々の使うすべての水の源で、島の人々はこれも重要な神様のひとつと考えていた。

「あのキトキトが細い水流になって海に流れているだろう」

ノケは三人に理解しやすいように説明していった。

「日本には、あのキトキトをもっと大きくしたものが、いくつも流れている」

「どのくらい大きいの？」

ターラはノケの話にとくに興味をもったようであった。

「そうだな、大きいのはフンデロッテ村のマク・マじいさんの家からターラの家ぐらいまでの幅があるよ」

「じゃあ、村のキトキトの倍ぐらいだね」

「ターラ、長さではないよ。幅なんだよ。キトキトの幅が、そのくらいあるんだよ。長さときたらフンデロッテ村がいくつあっても足りないくらい長いんだよ」

ターラも、カポもネギーも、よく理解できないようだった。海という大きな水の世界しか知らない人に日本の川を説明するのは難しかった。

「その『カワ』とどう似ているんだ？」

カポが聞いた。

「日本にはそういうカワが沢山ある。カワは流れが速い。こういうカヌーでカワに入ったら、どこまでも流れていって、戻ることは難しい。そういう状態に似ているよ」

「ふーん」

わかったのか、まだよくわからないままなのか、三人は判然としない顔で互いに顔を見合わせていた。

「それにしても、いったいどの方向へ向かっているのだろう」

カポがネギーに向かって聞いた。

ネギーはタルデワカシの地図をひろげ、どうにもなさけない顔をして首を横に振った。

「もうさっぱりわからなくなっちまった。タルデワカシの言っていた三つの島がまだ見えてこないので、いまいる場所の見当がつかないんだ。昨日の夜の始まる前に少し見えたと思ったんだけど、もしそれがタルデワカシの言う三つの島だったら、今朝はもっとその島に近づいていないといけないんだけど、どこかへ行ってしまった」

「しょうがない。このまま流れていくしかないな」

カポが頭を振りながら言った。

その日の午後からうねりが出てきた。同時に進んでいく方向から灰色と黒のまじった低い雲が沢山あらわれてきて、どんどん空を覆っていく。

天気が悪化していく前兆だった。うねりがあらわれてくるのと一緒に、方向のはっきりしない風も吹いてきた。風は四人の進んでいくカヌーをからかってでもいるように、カヌーの周りをくるくるまわり、きまぐれな風とうねりの中でカヌーの揺れがどんどん激しくなっていった。

「嵐がくるぞ」

カポが言った。

四人は狭いカヌーの中で、塩づけ肉の入ったケケ・ワンをマケネラで固く縛り直したり、前帆と主帆をはずしてカヌーの中にたたみこむなど、嵐を迎える準備をした。フンデロッテ村から漁に出て、ちょっとした嵐に遭うことはよくあったから、船の経験の豊富なカポもネギーも、そんなに慌てた様子はなかった。

前方から押しよせてくる雲は、急速にその色の濃さを増し、いつの間にかあたり一面が暗くなっていった。うねりと波は海から躍りあがるようにしてカヌーの周囲をとりかこんで騒ぎたて、上と下、右と左に激しく揺さぶり始めた。

強い風が前方から吹きつけてきているのに、四人のカヌーがその風の方向へ進んでいるのは、相変わらずこの海域の流れがとてつもない力と速さを維持しているからのようだった。

やがて黒雲の中から、ばらばらと叩きつけるような雨が落ちてきた。気温が下がり、風はさらに唸りをあげてカヌーの周りをびょうびょう吹き回り、四人は海のしぶきと雨でたちまちずぶ濡れになった。カポの指示で、二人ずつ組んでカヌーのアカくみ（水のかいだし）を続けていた。

カヌーのアカくみには先が平らになったペラという大きな巻き貝を使う。叩きつける雨と打ち込んでくる波の量がものすごいので、いくら汲み出してもカヌーの中の水は膝のあたりから少なくならなかった。

もっと激しい嵐の時は、水船（すっかり水に漬かってしまうこと）になって、うねりと波にまかせたまま嵐のすぎるのをやりすごす、という方法もあったが、そうなるとカヌーの中の荷物の大部分が波にもっていかれてしまうことが多いので、それは最後の手段であった。

ノケは水をかいだしながら、カヌーの舳先に縛りつけてある塩づけ肉の入ったケケ・ワンを注意していた。もうそのケケ・ワンの中にも海水がだいぶかぶさってきている。いつの間にか、あたりは夜のように暗くなってしまっていた。

「ブル・ゲル（通り嵐、熱帯性低気圧）だ。もう少し頑張れば通りすぎていくぞ。心配ないぞ」

激しい風雨の中でカポが大きい声で言った。

「だけど、いまは絶対海に落ちるなよ。落ちたら助からないからな」

カポがさらに叫んだ。

ターラが慌ててカヌーと帆柱を結んでいる数本のマケネラを摑んだ。カヌーは大きなうねりに乗ると、一気に大波の山の上にのぼりつめ、そこからもっと速いスピードで、谷に落とされていく。谷の中に入ると、背後から次のうねりが大きな動く崖のようにして覆いかぶさってくる。こんな小さな舟で荒れた海に出ていった経験のないノケは、襲いかかってくるうねりの壁を見るたびに全身がふるえるような気がした。嵐が通りすぎるどころか、そのうねりはさらにどんどん大きくなっていくような気がした。たちあがってくる水の壁は垂直で、その高さはケンペラ・ケネぐらいはありそうに思えた。

「ノケ！　うしろを振り向くな。前を見ているんだ」

激しい風と波と叩きつける雨の中で、カポの叫ぶ声がする。こういうとてつもない修羅場の中に、経験豊富なカポがたえず仲間の動きに気を配ってくれているのは、なにより も頼もしいことであった。

嵐はますます激しくなっていった。四人のカヌーが巨大なうねりの背に乗り、谷に向かって滑り落ちていくと、続いてすぐに波頭が崩れてきて、どっかーんとカヌーを叩く。その衝撃でカヌーの本体とアウトリガーをつないでいる横木がぐらついてきた。カポがいち早くそのことに気づき、ネギーとノケに手伝わせて、マケネラでそれを補強しようとしたが、巨大な波がたえずカヌーのすべてを叩きつぶそうとするかのように、どっかんどっかんと打ちつけてくるので、なかなかうまくはかどらなかった。

その間、ターラはいっときも休むことなくアカくみでカヌーの中の水をかい出していたが、ペラでひとかき水を外に出すと、すぐそのあとにその百倍くらいの水が入ってくるので、とてもたちうちできそうもない状態になっていた。とくにカヌーがうねりとうねりの間の大きな谷間に落ちこみ、そのうしろから波に叩かれる時が一番危険だった。カヌーの中は、いつの間にかほとんど水びたしの状態になっていた。

ターラが叫び声をあげた。たえず打ちつける波に帆柱が根本のあたりから傾いてきているのに気がついたのだ。

アウトリガーの補強をしていた男たち三人は、今度は傾きつつある帆柱にしがみついた。これもマケネラでがんじがらめに縛りつけるしか、いまは打つ手がなかった。大波が打ち砕け、カヌーの中の何かがはじけてカポの肩先を打ち、そうして空中にはねあがって暗い波間に消えていった。カヌーの艫（とも）に固定してあった舵とり兼用の一番大きな櫂（かい）が、引きはがされて飛んでいってしまったのだ。

帆柱はなんとか固定できたが、舳先の下から帆が消失していることに気づいたネギーが悲嘆の声をあげた。

「みんな、座ってしっかりつかまっているんだ！」

カポが叫んだ。

ひときわ巨大な波が四人のカヌーの背後で崩れ、何か絶望的に激しい音がした。けれど波のしぶきで、それが何の音なのか四人にはわからなかった。舵代わりの櫂がもぎとられたことで、カヌーの進む方向がさらに不安定になり、もはやうねりと波の中で、ただ翻弄されていくしかなす術がないようだった。カポの言うように、あとはただ打ちつける波に自分の体をもっていかれないように、必死にカヌーのどこかしっかりしたところにつかまっているしかないようだった。そのまま さらにいくつもうねりの背に乗り、谷に落とされているうちにネギーがいきなり叫んだ。

「島だ！」

すさまじい波濤の崩れる音の中で、ネギーのカン高い声はひときわ鋭かった。

「みんな見ろ。次のうねりの背に上がった時、この方向を見るんだ！」

ネギーがカヌーの前方やや左側のあたりに、まっすぐ片手を伸ばしていた。カヌーは谷間でまた激しいいくつかの波に打ちつけられながら、ゆっくりうねりの背にのぼっていった。

そうしてネギーの指す方向を、三人はそれぞれ息をつめるようにして見つめた。

ネギーの言うとおり、そのあたりに確かに島が見えた。島影などというものではなく、知らぬ間にいつこんなところに出現したのだ、と思うくらいの近い距離に、くっきりとその島があった。

「あそこへ行こう」

ノケが叫んだ。

「行けるかな」

ターラが心配そうに言う。

目下のこの状態では、自力でその島をめざす手段が何もないのがもどかしかった。ノケがカヌーの周りを見回し、「ああ……！」と悲痛な声をあげた。

本体とつながっているアウトリガーが、カヌーの横木ごともぎとられてしまっているのを発見したのだ。その横木には、ノケがくくりつけていた水の入ったマンブケーがあった。

カポたちもその異変に気づき、さっきのあのひときわ大きな音の理由を知った。

「ああ……！」

カポとネギーも同様に悲痛な声をあげた。もうこうなったら、ふいの横波でいつ転覆してもおかしくない状態になってしまったのだ。幸い持ちこたえているのは、カヌーの中にたっぷり水が入ってしまい、もうほとんど水船同様の低い重心になっているからのようだった。

「このままでいけば、あの島に着けるぞ」

カポが烈風の中でライオンのように長い髪を吹きあげながらカヌーの中の仲間たちに振り返り、力強い声を出した。

激しい波濤の中で波にもてあそばれるままになってしまった四人のカヌーは、嵐の中の流木と同じようなもので、やがてあの島のどこかに打ち寄せられるのだろう、とノケも理解した。激しいうねりと風は相変わらずだが、どうやらもうそれ以上強くなることはないようだった。

水船になってそれなりに安定したカヌーの中で、四人はひたすら島への接近度合に注意を払っていた。もしここで、この島への〝漂着〟がうまくできなかったら、カヌーと四人の運命はどうなるか見当がつかなかった。この島の向こうのどこかにもっと別の島があって、数日後の嵐のやんだ状態で、おだやかにそんな島へ〝流れ着く〟ことがあるかもしれないし、あるいは再び島影ひとつない海原をさまよう絶望の漂流の日々になるかもしれなかった。

そうなったとしても、もう水はない。

ノケはまだそのことを仲間には伝えていなかったが、カポなどはアウトリガーを失ったことで、とうに理解しているのだろう、と思った。

「問題はリーフだ！」

カポが誰にともなく大きな声で言った。腕のたつ船乗りが、これから迎えうつ難敵に対して自分を鼓舞するために言ったようでもあった。

このあたりの島の多くは、周りをリーフで囲まれている。リーフは島の周りを囲んで守る障壁そのもので、島で生きる者にとっては、まさしくリーフは台風などの直接の激浪を避けることのできる安心の環(わ)であった。しかし外側から入っていく者にとって、これほど恐ろしいものはない。

リーフに激突したら、最初の二、三波で、このカヌーなどバラバラにされてしまうだろう。かといって、泳いでいったら人間そのものがリーフに打ちつけられ、もっとひどいことになる。フンデロッテの島もリーフが周りを囲んでいたが、リーフはところどころに自然の切れ目があり、カヌーで外洋へ出入りする時は、このリーフの切れ目を上手に利用している。リーフには必ず白波がたっている。そして切れ目はその波のないところである。

カポが、問題はリーフだ、と言ったのを他の三人はすぐに理解した。静かな海であったら、それを見つけるのはいたって簡単だった。しかし、いまは嵐の海である。リーフのあるなしにかかわらず、いたるところで白波が砕けて崩れ、ほうぼうで泡だっていた。

カポはその状況を見るために、帆柱をつかんでカヌーのへりに立ちあがった。いったん傾き、かろうじてマケネラで補強してある細い帆柱は、いつまた傾いて折れてしまうかわからなかった。しかしカポは、いま自分と仲間たちの命をかけているのだな、ということがノケにはわかった。ずっと続いている激しいうねりの上下動は、もうだいぶ体に慣れてきていた。ノケも立ちあがって自分たちの命のかかっているリーフの切れ目を、この目で探してみたいという思いにかられた。しかし、この四人の中で一番海に慣れていないのが自分なのだ、ということもノケは理解していた。カポの適切な判断と、そしてあとは自分たちの運の強さだけなのだろう、とノケは思った。

第四章

ひる寝の木の家

四人のカヌーは確実にその島のリーフに接近していた。いまは押し寄せる激浪がリーフにぶち当たり、堅いサンゴの隆起帯を激しく叩く音がすぐ耳元で聞こえるほどになっている。

はじける波がいちめんの暗い海を白く泡だたせ、周りが明るくなったような気さえする。

カポが一本だけ流されずに残っていた小さな櫂(かい)を持って、リーフに接近していくカヌーの方向をなんとか必死に制御しようとしている。しかし荒れ狂う巨浪の中で、そのもくろみはあまりにもむなしかった。誰の目にも、そのまま進んでいったらカヌーはリーフのどこかに確実に激突するように思えた。

依然としてリーフの切れ目はどこにあるかわからない。たとえ目で確認できる程度の近くの距離にそれがあったとしても、近づいていく手だてがないのだ。

四人は、いまはただもう振り回されるカヌーから落ちないように、カヌーの本体やあちこちに縛りつけられているマケネラを摑(つか)んで激浪に身をまかせているしかなかった。リーフに接近するにつれて、うねりの高さがさらに増してきた。うねりの背に乗ると、白く泡だっているリーフのラインがはっきり見える。嵐になるとリーフは海の牙となる、と言われているが、まさしくそれは白く巨大に連(つら)なって海と闘っている島の牙であった。四人のカヌーは、そのうねりをあと三つか四つ越したあたりでリーフに到達する距離にいた。

「いいか聞け！」

激しい波の音の中でカポが叫んでいた。

「リーフにのしあげたら、みんな次の波でリーフの内側の海に飛び込むんだ！」

カポは同じことを二回くりかえした。

「それしか助かる道はないからな！」

激しくもまれながら三人は頷(うなず)いた。

「引き波にもっていかれるな！」

もう、あとうねり二つの距離になっていた。再びうねりの背からリーフの巨大な横一本につらなる牙が見える。もうそれは眼下に迫ってきているといってよかった。次のうねりが命の勝負だ、と誰しもが思った。

カヌーが持ちあげられ、そして落下する。

がつん！　という胸の悪くなるような音がして、鋭い衝撃が走る。ノケは海に飛び込む瞬間がわからなかった。次にくる波と一緒にカヌーから飛び出せばいいのだな、と頭のどこかで考えてはいたが、その決断ができないまま次の波がきてしまったようだった。カヌーから飛び出そうにも、ずっとカヌーは波に振り回されたままなのだ。波しぶきが眼前ではじけて、あたりの様子がさっぱりわからなかった。

ぐずぐずしているうちに、もうカポもネギーもターラも、みんなリーフの内側めざして飛び込んでしまったに違いない、と思ったが、すぐ近くでカポの声がする。

「飛び込むな！　そのままでいろ！」

カポが叫んでいる。

「みんな、そのままでいろ！」

カヌーは相変わらず激しく上下に動いていた。しかし、さっきまでの大きな高低差はない。

「みんなやったぞ！」

再びカポの声だ。

激しい波しぶきがしだいに薄れていき、ノケにもようやくあたりの様子がいくらかのみこめてきた。

カヌーの中には、まだみんなの顔があった。カポが笑っている。周囲の激浪は急激に収まっていた。大きな波はあったが、うねりと重なって轟音とともに崩れる破壊的なそれではない。

カポの顔の向こうに列をなす白い波濤があった。それがさっきまで自分たちに牙をむいて待ち受けていたもので、いまは自分たちを嵐の激浪から守ってくれているリーフである、ということを理解するまで、ノケは少し時間がかかった。

「すごい！　乗り越えてきちゃったんだ」

ターラがはじけるような声を出した。おそらく最後に乗ったうねりが、とびきり大きかったからよかったのだろう。普通だったら叩きつけられて、カヌーは確実に壊されてしまったはずである。

「ひゃあ、こいつはまるでカコノッケみたいだ」

ネギーが目玉を丸くしている。カコノッケというのは、フンデロッテ村の子供たちが海岸でよく遊んでいる岩とびごっこのことだ。日本の馬とび遊びに似ている。ネギーのその言葉で、ノケはさっきのカヌー全体がきしむような衝撃がなんであったのか、ようやく理解できた。まさしく四人のカヌーは、うねりの背に乗って大きな岩とびをしてきたのだ。もっともしかしカコノッケの遊びでいうと、一回、岩の上に尻もちをついてしまったのだから、カコノッケ遊びとしては失敗なのであるが……。

リーフの中をカヌーはゆっくり岸に向かって進んでいる。いくつもの寄せ波がカヌーを押し、目の前の白い砂浜にどんどん接近していく。

リーフの中の背の低いサンゴがカヌーの底をガリガリ噛み、やがて砂浜まであと十尋といったあたりでカヌーはとまってしまった。リーフの中とはいっても外洋の激浪が次々にリーフを乗り越えて入りこんでくるから、とまってしまったカヌーは横波をくらって横転しそうになっている。

「さあ行こう」

カポが自信にみちた大声でそう言った。いまはもうカヌーよりも自分たちの命を大切にする時だった。その命も思いがけない幸運のもとに得られたかけがえのないものだ。

とてつもなく疲労してはいたが、四人は余裕をもって白砂の大地まで泳ぎ着いた。

常に海とともに生きている日々だったが、この時は四人とも大地の磐石ぶりがしみじみ嬉しかった。

「うまくいったね」

腰に両手をあてて、ターラが顔中喜びをあらわにし、カポに向かってそう言った。最後までリーダー役として頑張ってくれたカポに対するターラの素直なお礼の意が含まれているようだった。

胸あてがいつの間にかはずれて、ターラの乳房がむき出しになっていた。

嵐の波はタークの胸あてまでももぎとっていってしまうほどの強引な力をもっていたのだ。

四人はしばらく砂浜で荒れる海を眺めていた。カヌーはすでに横倒しになっていたが、サンゴのどこかに引っかかっているのか、その場所から動かずにいた。

「さて、しかしこの島はいったいどんな島だろう」

ノケがさっきからしきりに考えていたことを口に出した。まず問題なのは果たして人のいる島なのか、無人島なのか、ということだ。それからどっちにしてもさしあたって飲み水がほしい。激浪を越えてくるまでは、みんな生死のはざまにいたので、喉の渇きも気がつかなかったが、こうして助かってみると、その安堵を実感するにつれて喉が渇いてきている。

「とにかく、この近くの様子を見てみよう」

ネギーが言った。ネギーはもうタルデワカシの地図も持っていない。

白砂の海岸は広く、奥の方に背の低い緑の繁みが連なっていた。

「とりあえず、あっちの方へ行ってみるか」

ネギーがびしょ濡れの髪を両手でしぼりながら言った。

「その前にちょっと待っててくれ」

カポが言った。

「どうしたの？」

ターラが聞く。

「みんなここでちょっと待っててくれ」

そう言うと、いきなりカポはまた海に飛び込んだ。

リーフの中の泡だつ波を切り裂くようにして、カポは再び自分のカヌーまで一直線に泳いでいった。押し寄せる波と風のために、カポのカヌーは横倒しになり、無惨な状態になっていた。倒れたままそこにとどまっているのは、カヌーのどこかが浅場のサンゴにまだ引っかかったままでいるからだが、そのため続けざまに波の攻撃にさらされており、このままだと早晩、バラバラになってしまいそうだった。

カポは横倒しになったカヌーに取りつくと、ひとわたり周囲をめぐって何か探しているようだった。やがてカポの姿が見えなくなり、荒れ狂う波だけになった。

残された三人は顔を見合わせた。皆それぞれに不安そうな顔つきをしていた。ターラは唇を嚙み、じっと同じところを見つめていた。

やがて、カヌーがいきなり空中に浮きあがるように見えた。事実、カヌーは波に持ちあげられ、横倒しのまま再びリーフの海の中を動き始めたのだ。ゆっくり流れ出したカヌーから少し離れたところに、黒い頭が浮かんだ。

カポだった。カポはまたさっきと同じように抜き手を切って、素晴らしい速さで三人の立っている砂浜に向かって泳いでくる。押し寄せる波と潮流は別の方向らしく、カポにはまったく無関心そのものといった様子で、カヌーはゆっくりリーフの中を横に流れていく。

やがてカポが腰までの深さのあたりで泳ぐのをやめ、歩いて戻ってきた。腰の紐に何か差さっている。

斧(おの)であった。カポたちの島の言葉で言うと「キ・ラ」だ。

「まだ残っていてよかったよ。こいつはいつもカヌーの竜骨の下の隙間(すきま)に押しこんであるんだ。あとのものは、みんなきれいにどこかへ持っていかれてしまったようだがな」

「キ・ラだけでもあれば大助かりだ」

ネギーが言った。

「カヌーはわざと流したの？」

ターラが聞く。

「ああ。あのままだと確実にバラバラになってしまうからな。もうすでにだいぶひどい有り様になっていたけれど、バラバラになるよりはいいだろう。どこかに流れ着いてくれたらいいが……」

見ると横倒しになったカヌーは、リーフと砂浜のちょうど真ん中のあたり、五十尋ほどの先を波にもてあそばれながら流れていく。サンゴにとらわれて次々に打ち寄せる波にさらされているのを見るのも悲しいが、どこかへ流れていくのを見るのも切ないものだ、とノケは思った。

「さて、それじゃあ行こう」

カポがそんな想いを断ち切るような、元気のいい声を出した。とりあえず、砂浜の奥の繁みに向かって四人は歩き出した。思ったとおり、その繁みはカモの木だった。どの島にも生えている、ありふれた木だ。いつでもオレンジ色の小さな実をつけている。いくつもの固い房が寄り集まっている果実で食べることができるが、房を割るのが面倒なわりにはとくに甘くもないし、歯ざわりがいいわけでもないので、カポたちの島ではほとんど誰も口にしなかった。けれど、その木が生えている、ということは、いざとなったら少なくとも最少の飢えをみたしてくれるものがある、というわけだから、とりあえず嬉しい発見だった。

カモの繁みは幅ひろく密生していて、島の奥に行くには、そのカモの隙間を探さなければならないほどだった。

早速、カポが取り戻してきた斧が役に立った。カモの繁みは、この海岸にやってくるものに対する障壁になっているようで、陸上のリーフみたいだ、とノケは感心しつつ切り裂かれたところを歩いていった。繁みを抜けると、またいちめん砂地があらわれたが、いく種類かの砂地を這う蔓性の植物がひろがっていて、その向こうにジャングルや岩肌のむきだしになった小さな山などが見えた。

椰子が海岸を囲んでいるフンデロッテ村あたりの様子とはだいぶ異なっており、やはりこれはたしかに、別な国の別な島にきたのだ、と緊張させる風景だった。

陸の上も強い風が吹いていて、あたりの木や草が全部激しく右や左に動いている。全体に嵐の峠はもう越えつつあるようだったが、時折、粒の大きい雨が落ちてきて、黒と灰色のまだらになった低い雲が岩肌のむきだしになった小さな山のてっぺんすれすれに流れていく。カモの繁みを走り抜ける風が、背後でひょうひょうとニキル（雨ツバメ）の鳴き声そっくりに聞こえる。

「あっ、痛い！」

「ひゃあ！」

先頭を行くカポとターラの二人が、同時にナサケナイ声をあげた。

「みんな、とまれっ」

カポが両手で片足を持ちあげ、自分の足の裏を調べながら半分笑っているような泣いているような声でそう言った。ターラも同じ恰好（かっこう）だ。

「トゲバシリだ」

ノケが気づき、少しあとずさりした。フンデロッテ村の人たちは「テキテキ」と呼んでいたが、ノケが子供の頃住んでいた鹿児島にもそれとよく似た海岸の這い草があり、それをトゲバシリと呼んでいた。同じようなものだが、南の島のそれはもっと大きく凶悪だった。

「やっぱり裸足じゃまずいな」

カポが悔しそうに言った。足に刺さったトゲは二、三本のようだった。

「どこかでギル（サメ）をつかまえて、ケケ（サメの皮）で足袋を作る必要があるぞ」

ネギーが用心深くあたりを見回しながら言った。フンデロッテ村の砂かじり（砂虫の一種）にかじられた時の痛さを思いだしているようだった。

進む方向を少し変えることにした。カポはなるべく砂地の出ているところを探して歩くことに決めたようだ。

テキテキの生えるところは、陽当たりのいい斜面が多いからいったんジャングルの中に入ってしまえば、それほどこいつに気をつかうことはない。

丈の低い蔓草の密集しているあたりから、いきなり大きな羽音をたてて二羽の鳥が飛び出し、慌てたしぐさで風の吹く方向に飛んでいった。ホトホトに似ている海鳥だった。

「よおし」

ネギーがカン高い声を出した。

「ちょっと待ってくれ」

言い終わらないうちに、蔓草の繁みの中に入っていく。そのネギーの歩き方は日本でいうドロボーのヌキアシ、サシアシの恰好によく似ていた。ネギーの口の周りをぐるりと取り囲む丸い髭も、日本では「ドロボー髭」という。だからまったくその姿は、ドロボーそのものだった。

ネギーのたくらみもまさしくドロボーで、まもなく、

「あったぞ」

と、元気なひと声があり、繁みの中から白くて光る丸いボールをつまみあげた。それがさっきのホトホトの卵であるとすぐにわかった。ホトホトの卵は大きくて、生のまま食べると甘みがあってとてもうまい。フンデロッテ村では時折、長老の許しが出ると若者たちが卵とりに出かけた。ホトホトは増えすぎると餌の取りあいの喧嘩をして、自分たちで殺しあいをするので、そうして時々、卵のマビキをするのも必要なのだった。ただし、この島にホトホトがどのくらいいるのかわからない。戻ってきたネギーが両手に抱えている卵は全部で四つだった。

ホトホトには悪いけれど、いまは緊急事態なので貰っていくことにした。

嵐の海から上陸するまでは緊張していたが、こうしてまあとにかく仲間の誰も命を落とさずに島に着いたことで、四人ともようやく少し安堵の余裕を取り戻してきていた。緊張したので喉も渇いている。気がつくとすこぶる空腹でもあったから、さっそくそのホトホトの卵を食べることにした。ホトホトの卵の殻は、けっこう硬い。カポの斧に当

てて用心深く殻を割った。殻の割れ目から吸いだすようにして中身を呑みこむ。味はねっとりと甘くて、いかにも力になりそうだった。

「こいつはいい」

ネギーが満足気に言った。

するとその時、四人の頭の上でいきなり空気を切り裂くような音がして、同時に鋭い羽音がばさばさとものすごい速さで接近してきた。

「わあっ」

とネギーが叫ぶ。二羽の巨大な鳥がネギーの頭めがけて急降下してきたのだ。さっき草むらから飛び出していった二羽のホトホトに違いない。こうしてすぐ近くまで飛来してくると、思った以上に巨大な鳥であった。

「いてててて」

ネギーが頭を抱えている。どうやら最初の一羽がネギーの髪をその鋭い爪でかきむしり、次の一羽がくちばしで突ついていったらしい。ネギーの額(ひたい)から血が一筋流れ落ちていた。

「ひとまず逃げろ」

カポが言った。また大きな羽音が近づいてきていた。四人は食べかけのホトホトの卵を胸に抱き、もう一方の手で頭を押さえ、近くのカモの繁みをめざして走った。ホトホ

トは四人の頭の上近くを低空飛行で飛んでいった。

カモの繁みの中に入りこむと、とりあえず安心だった。それにしてもあの二羽のホトホトは、卵を取っていたネギーをちゃんと見ていて、そうして覚えていたのだ。

ホトホトがあきらめて山の向こうに去っていくのを見とどけてから、四人はまた島の中に向かって歩きだした。

まだ時折、強い風はあたりの風景をえぐるように吹き回っていくが、空を流れていく足の速い黒雲は、だいぶその色をまばらにしていた。嵐は確実に去っていくようだった。まだ正午になっていないぐらいの時間だったから、黒雲が薄れていくのと同時にあたりは急速に明るくなってきていた。

カモの繁みに隠れている間に、ネギーは斧でカモの比較的まっすぐな枝を切り、それで杖のような棒をこしらえた。いまのホトホトの攻撃によほど懲りたらしい。

再び一列になって、さっき行きかけた砂地のルートを歩き始めた。甲羅がまんまるで、やたらに動きの速い小さなカニが砂をけたてて何匹も走っていく。そうして襲われない距離まで行くと、用心深そうに四人の方を眺めている。こういう種類のカニはフンデロッテ村にはいなかった。

歩き進んで風景が少し変わるたびに、ノケは椰子の木を探すのだが、ここではさっぱり見あたらない。代わりに椰子よりももっと高くて沢山の長い葉をつけた木が、上空をいく強い風にわらわら身をゆすっている。

先頭を行くカポが、いきなり立ち止まった。ナニゴトか!?　と一瞬みんなすぐに足を止めて体の動きも静止させる。

「いま、向こうに何か動くものが見えた。動物のようだった」

カポが低い声で言った。

「大きかったか?」

「この距離であれだけの体だから、けっこう大きいぞ」

ノケはフンデロッテ村の野豚のことを思いだした。思えばせっかく作った野豚の塩づけ肉も嵐の海にみんな持っていかれてしまったのだ。

野豚だったらみんなしてつかまえて、火にあぶって食えるのに……。

ノケは思わず両手に力を入れてしまった。

カポが見た大きな生き物は、深い繁みの奥に逃げこんでしまったらしく、それからはまったく姿をあらわさなかった。

海岸の砂地の上にひとかたまりになってあちこち点在している繁みと違って、そこから先は鬱蒼（うっそう）としたジャングルになっていた。フンデロッテ村の、どこでも地面が見えて、そこから唐突（とうとつ）に椰子の木が生えている植物相とは随分違っていて、見おぼえのある木はほとんど見あたらなかった。

深い木立のずっと奥から鳥の声が聞こえてくる。いく種類かの声が重なっていて、そこからではどんな鳥がいるのか判然としなかった。

海から吹いてくる風が沢山の木の葉をざわめかせ、あたりは騒然としていた。

「人が住んでいるとしたら、海ぞいと山の中とどちらだろう？」

ノケが言った。

「フンデロッテ村は、みんな海ぞいだけど」

タータがすぐに答える。

「それはだなあ、すぐうしろにケンペラ・ケネ（衝立(ついたて)のような崖）があるからな。それで仕方なく海ぞいに住んでいるんだよ。考えればわかることだ」

ネギーがなんだか妙に、おごそかな声でそう言った。どうも話し方がタルデワカシに似ている。そのことにみんな気がつき、なんだかおかしくて、同時に笑った。ネギーも笑った。孫の血筋だから似てしまうのか、あるいは今度の船旅の地図をつくるために、ずっとタルデワカシのところに通っていたから、そうなってしまったのか。

とにかくおかしかった。

「問題は、どんなやつらが住んでいるかだな」

カポが言った。まさしくそのとおりだった。

海を走ってきた距離といい、見なれない植物相といい、ここはどう考えてもフンデロッテ村とは相当に離れた島だ。言葉が通じるのかどうかさえも見当がつかない。

「人が住んでいたらいいけれど……」

タータが言った。

「そうなんだよな」

と、ノケ。

それは考えないことでもなかったが、もし本当にそうだったら、と思うと、ノケはまた再び緊張する思いだった。人の住んでいない無人島だったら、四人ともここに閉じこめられてしまう。乗ってきたカポのカヌーは、どこかに流れていってしまった。

（もし無人島だったらどうなるのだろう……）

吹いてくる風の中で、ノケは不安な思いに包まれた。

「まあとにかく、この奥に行ってみよう」

カポがそんな不安を一瞬吹き飛ばすような、元気のいい声で言った。

「行こう！　考える前に行くことだ」

ネギーが、今度ははっきりタルデワカシの口真似（くちまね）をした。

そうして四人はジャングルの中に入っていった。

四人とも裸足だったが、繁みの中に入るともうトゲバシリのようなものはないので、下ばえの草の上をどんどん歩いていくことができた。

木はさまざまな種類のものがあるようで、花や果実らしきものもあった。食べてみたい気もしたが、カポは、

「まだやめておこう」

と、みんなに言った。フンデロッテ村にはテイ・キキという丸くて黄色い、いかにもおいしそうな、いい匂いのする実をつける木があるが、これをかじるとなんだか訳もなくおかしくなって、一日中、ワハハ、ワハハと笑ってしまう。だからフンデロッテの言葉でテイ（一日）キキ（笑う）なのだ。すなわち〝一日笑い〟。果実といえども、知らないものは注意する必要があった。

カポは時折、斧を使って、歩くところを切りひらいていった。

「ちちちっ　ちちちっ」と、カン高く鋭い鳴き声をたてながら、繁みの中を何かの生き物が走って逃げていく音がした。さっきカポの見た生き物かと思ったが、感じとしてはもっと小さな地面すれすれに走っていく生き物のようだった。

一時間ほど同じようなところを進んでいった。途中、何個所かでフンデロッテ村でもよく見るような木の実や草の花を見た。そういうものに出会うと、なんだかホッとするような思いだった。けれど、いくら進んでいっても、人の住んでいる気配はまるでなかった。進んでいくルートは緩い勾配になっていて、いつしか木立の間から遠くに海が見えるようになった。

嵐は急速に去りつつあったので、黒雲はいよいよまばらになり、海の波濤もかなり収まってきているように思えた。

「喉が渇いた」

ターラが、もう我慢もこれまで、というような声を出した。みんなも同じ気持だった。

カポが山に入っていったのは、人の気配を探す、ということもさることながら、やはりまず第一に水場を探していたようだった。フンデロッテ村もそうだったが、島の水は山の方から流れ出てくる。フンデロッテ村のそれは、細い川になって海まで流れ出ていたのだ。

「どうやら本当に無人島らしいな」

ネギーがいくらか悲しげな声で言った。

「ちちちちっ」と小さな声で鳴きながら、また何かの小動物が足の下の繁みを走り抜けていった。しかし、まだ誰もこいつの正体は見とどけていない。

木立が少し切れて、丈の短い草が生えているところでひと休みすることにした。嵐の海から上陸して、もう三時間以上たっている。

歩きづめでやってきたので、四人はさすがに疲れてきていた。草の上にへたりこみ、それからなんとなくみんなしてそこにひっくりかえった。頭のうしろに腕を組み、木立ちの上に見える空を眺める。しばらくしているうちに、カポがいきなり、

「オーッ」

と、驚くほどの大きな声を出した。

「おい、あれはモクモクじゃないのか？」

カポは立ちあがり、片手を伸ばして木立の上の方を指さしている。ネギーも跳ね起き、カポの指さす先を見つめている。

「そうだ。あの恰好と、あの色はそうだ」

「すばらしい！」

ノケが手を叩いた。

まだ時折、上空を吹きわたっていく強い風が、葉の多い梢のあたりを大きく揺らせているので見えにくかったが、でもたしかにモクモクのようだった。蔓性の宿り木がつける果実で、中に甘い果汁がたっぷり入っており、見つけると大手柄という珍しいものだった。フンデロッテ村では穫りすぎてしまって、今ではあまり見かけることができない。

「よおし！」

四人はにわかに元気が出てきた。

問題は誰がどうやってそれを穫りに行くか、である。そのモクモクがとりついている木は、ナガラ（実のならない山の中の千成科の木）のようで、垂直にのびている。椰子の実を穫りに行く時は、腰に頑丈な紐をつけて、その一方を幹にからませ、体を反らせて少しずつ紐を上方にくりあげ、同時に自分もぐいぐい登っていく、というやり方をする。両足は左右ともべったり幹を挟むようにして張りつけているので、スピードは遅いが確実に登っていける。上手な人の登り方を見ていると、まるでネロンガ（木登りガエル）のようで、面白かった。

四人の中で木登りがうまいのは、ターラとネギーだった。とくにターラは普段から木の上の家に住んでいるので得意中の得意だ。ただし、モクモクの実のぶらさがっているあたりまで垂直に登っていけるかどうかはわからなかった。

「紐があるといいのだが」

「蔓を探そう」

カポのカヌーに張りめぐらせた強度のあるマケネラがあれば一番いいのだが、山の中ではカポの言うとおり、蔓を見つけるのが一番手っとり早いようだった。

モクモクも宿り木の蔓で、これは不思議な習性があって、もともとは地面から生えてくるのだが、適当な寄生樹が見つかると、その幹に張りつき、巻弦をからませてどんどん登っていってしまう。やがて地面から自分の根を引っこ抜いて幹の中にもぐりこませ、さらに強引に木の上の方にまで登っていってしまうのだ。

みんなで手わけして繁みの中の蔓を探した。やがてターラが細い蔓が幾重にも寄り集まったものを見つけてきた。そいつを自分の腰に巻き、

「いい具合だから私が行ってくる」

と、いつものあの強い光のこもった目で他の三人の顔を見回した。

「大丈夫か？　あんな高いところまで行ったことがあるのか？」

ネギーが少し口をとがらし気味にして聞いた。もしこんなところでターラに怪我でもされたら一大事だ。

「椰子の実とりに何度も行ったことがあるよ」

ターラはもうさっさと登る仕度をしている。

モクモクの実は椰子と違って引きねじるようにして果実をもぎとることができたから、ナイフのようなものは必要なかった。ただし、それをいくつも持って降りてくるわけにはいかないから、もぎ取ったら上から放り投げてもらうしかない。

「じゃあ行ってくる」

慣れた身のこなしで、ターラはじわじわと垂直の幹を登っていった。

驚いたことに、ものの五分ほどでターラはモクモクの果実がたわわに実る梢の近くまで達していた。

「すごい。よく熟れて、たっぷり膨らんでいる」

頭の上の方でターラが叫んでいる。

「じゃあ、いくからね」

言い終わらないうちに最初のひとつがくるくる回るようにして落ちてきた。一番近くにいたネギーが、それを上手に両腕で抱きとめる。久しぶりに見るモクモクだった。フンデロッテ村で時折見るそれの倍ぐらい大きい。続いてすぐに次のモクモクが飛んできた。今度はノケがどうにか破裂させずに受けとめた。さらにもうひとつ、続いてもうひとつ、ターラの投げ落とすスピードが速いので、下の男たちは大忙しになってしまった。

カポがひとつ受けそこねて地面に落としてしまった。水気をたっぷり含んでいるので、地面に落ちてしまうとひとたまりもない。

ほんわり甘い匂いがそのあたりにひろがり、同時に落としてしまった無念の思いもあたりに流れてひろがる。

都合十二個のモクモクが男たちの足もとに並んだ。とりあえず、これだけあれば充分である。

「あとはもっと子供のモクモクだから、このくらいにしておくよ」

ターラが梢のあたりで叫んでいた。

「もういいぞ、よくやったターラ」

カポが口の周りに両手をあてて上を向いて叫んだ。

モクモクは全体がゆるやかな三角形をしていて、表皮にうっすらと短い毛が生えている。三角形のところを斧で切り落とし、そこに口をつけて飲む。椰子と違って果汁はもっとあっさりして水っぽく、わずかな甘味があった。喉が渇いていたので、こんなにうまいものはなかった。たちまちのうちに、一人一個ずつ飲みほしてしまった。斧で殻を割り、殻の内側についた薄い果肉をこそげ取って食べる。

「こんなに立派なモクモクがあるんだから、とりあえず我々の喉の渇きはなんとかなるな」

カポが本当に心からひと安心したような声で、そう言った。

残った八個のモクモクをどう持っていくか、ということが次の問題になった。

「こんな時はやっぱり蔓を使うのが一番だよ」

ノケが言った。

「蔓か？」

「うん。籠を作ればいいじゃないか」

ノケの育った日本の鹿児島地方では、山に入って予想外に沢山の山菜やきのこなどが採れると、山の中に生えている木の蔓や篠竹などを使って器用に籠を作ってしまう。ノケも山歩きに詳しいおじいさんに連れられて山菜採りなどに行き、何度かそういう応急技を見たことがあった。そうして自分が中学ぐらいになると、実際に見よう見まねで、そういう籠を作った経験があるのだ。

この島のジャングルには竹のようなものは見あたらなかったが、蔓はあちこちにある。

みんなにそれらを集めてきてもらう間に、ノケは手近の蔓を手早く編んでいった。みんなで集めてきた蔓を、そこにどんどん編みこんでいく。太い蔓より細い方がやりやすかった。

やがて子供だったら一人ぐらいすっぽり入ってしまうくらいの籠ができた。太い蔓を使って肩に背おえるように細かい工夫もした。

「わあ、すごいよノケ、こんなことができるんだねえ」

ターラが嬉しそうな声をあげた。

早速、大きな八個のモクモクをそこに入れ、ノケが背おった。

「フンデロッテのマキラ（おばさん）たちに教えてやりたいね。どうしてノケはもっと早くこういうのを作ってくれなかったの？」

ターラはノケのその細工に、とても感心したようだった。

斧を持ったカポを先頭にして、四人はまたさらに奥へ進んでいった。さっきから同じくらいの勾配を進んできているから、海岸線から比べるとけっこう高いところに登ってきているはずだった。しかし、あたりの風景は密集した木と草が続くだけで、あまり変化がなかった。

ひと休みしたあたりに、シャランに似たやわらかい草が沢山生えていた。フンデロッテ村のそれよりは葉が倍ほども大きいが、匂いをかぐと同じ種類のようだった。

この草は甘い香りがあって、その中に男と女でひっくりかえると、いい気持で眠ることができる、といわれているから、結婚したふたりの寝床には、このシャランを沢山しきつめてやるのがならわしだった。

「ねえカポ、もう今日はくたびれたから、このへんで今夜の眠るところを見つけようよ」

ターラが言った。

嵐の海と闘っている間、四人はほとんど眠っていなかったし、ようやく命びろいしてこの島に上陸してからもずっと歩きづめだったから、たしかに体はあっちこっち軋むくらいに疲れていた。ターラの言うとおりかもしれない、と他の男たちも同じようにして頷いた。

嵐の雲はどんどん通りすぎていき、空は明るかったが、夜にはまだだいぶ間があるようだ。

「そうだなあ、いまさら慌てても仕方がないもんなあ」

ネギーが膝からゆっくりシャランの草の上にへたりこんだ。それが合図のように、他の三人も思い思いにシャランのやわらかい匂いの中に身を沈めた。ひっくりかえって空を見上げると、密集した木々の向こうに速い流れの雲が見える。

「それにしても、ここはいったいどこかなあ。タルデワカシが魚になって教えにきてくれないかなあ」

　ネギーが独り言のようにして言った。

「きっとタルデワカシも知らないところだから、魚になってもやってこられないよ」

　ターラがそれに答える。

「まあしかし、みんな生きていて、本当によかったよ」

　ノケがしみじみとした声で言う。

「んがー」とすごい音がした。一番元気そうだったカポが、もう眠ってしまって大きないびきをかいている。それが合図のようにして黙りこみ、そして間もなく、みんなごんごんと自分の眠りの中に入っていった。

　翌朝、四人はまたひとつずつモクモクを飲み、中の果実を食べて出発した。風はすっかり収まり、太陽の光が強かった。暑くなりそうだった。山を登りつめるのではなく、進むルートを少し変えて、とにかく水を探してみよう、ということで皆の意見は一致した。シャランの草の中でぐっすり眠ったので、歩くスピードに力があった。

　山の中腹を回りこむような恰好でしばらく歩いていくと、あたりが急速に明るくなり、いきなり視界がひらけた。繁った木や草が切れて、白い砂地と、そのところどころを覆う海岸性の草むらが見える。そして、その先は海だった。

リーフがくっきり見える。昨日の、あの暗くて荒れた海の色は一変し、フンデロッテ村のケンペラ・ケネの上から眺めるのと同じ蒼(あお)い海だった。四人はひどく懐かしい気分になり、口々に、やっぱり海はいい、この色がいい、などということを話した。目の前に見える海とリーフは、四人が嵐の時に大波と一緒に飛び込んできたところとは地形がだいぶ違っており、太陽の角度から見てどうやら島の反対側に出てきてしまったようだった。そのことに気づくと、ふいにみんな「しん」とした。どうもこれまでのところ、ここはやっぱり無人島らしい、ということがわかってきて、そうなると果たして自分たちは、ここから脱出できるのだろうか、という不安を同時に感じ始めていたからだ。

トゲバシリに注意しながら砂地に出た。先頭を行くカポが「おっ」と小さな声を出した。後に続く三人は、すぐに足をとめる。

「蔓瓜(つるうり)だ」

カポが嬉しそうな声を出した。砂地の草むらのひとつに、楕円形をした蔓瓜がいくつもころがっていた。熟れすぎて割れてしまったものもあったが、ちょうど四人が満腹するぐらいの数があった。甘くはないが、噛むとさくさくして水気があって、腹のたしになった。

「この島はなかなかよいところだ。喉が渇いたり、腹がへってくると必ず何か見つかるからの」

ネギーがタルデワカシの口真似をして皆を笑わせた。その笑いがおさまらないうちに、カポがまた「あっ」と小さな声を出した。

いま出てきた山の密林のあたりを指さしている。カポが声を出した理由がすぐにわかった。

羽根を持った大きな生き物が、そこにいた。鳥のようだったが、それにしては羽根が丸く小さすぎる。体も大きかった。そいつはそいつで、カポたち四人をじっと用心深く眺めているようだった。

「やっぱりアレは鳥なのだろうな」

ネギーが囁くような声で言った。

「あれが鳥でなくて野豚だというのなら、目玉をもう一度洗わなくては」

ターラが同じくらいの声で言う。フンデロッテ村の女たちの使う言葉で「目玉を洗え」というのは、「何を寝ぼけているのだ」という意味だ。

「たしかに鳥に違いない」

とノケも小さな声で言った。

「つかまえてみようか。あれだけ太っていたら、飛びあがることができないぞ」

カポが言った。四人は同時に頷いた。どのようにしてつかまえたらいいか、その方法はわからなかったが、しかしやってみる価値はある。

「関心のないふりをして少しずつ近づいてみよう。ここが本当に無人島だったら、あいつは人間をあまり見ていないはずだから、逃げたりしないかもしれない」

カポの意見には説得力があった。

誰がどうするか、しめしあわせた訳でもないのだが、四人は自然に等間隔をとるようにして散開した。羽根の小さな巨鳥は、いかにもいぶかしげに首を少しかしげ、次にどうすべきかの判断をすっかり忘れた恰好で、珍しそうにじわじわ接近してくる四人を眺めていた。

「ぽうぽうぽう」

と、ネギーがフンデロッテ村で魚を追う時の声を出した。水の中でそう言うと、アブクが出て効果的なのだ。

「ぽうぽうぽう」

と、すぐにネギーとターラもその真似をした。その声を聞くと巨鳥はますます興味を募らせたようで、ネギーとターラを交互に眺めている。

面白くなってカポとノケも同じように、小さくあやすように「ぽうぽうぽう」と言った。四人が同じことを言いながら、なんとなく同時に両手をひろげた。巨鳥はまるで四人の接近を面白がってでもいるように、首をあっちこっちへ動かした。

両手を大きくひろげた四人は、ついに巨鳥を四方から取り囲むかたちになった。

「ぽうぽうぽう」

「ぽうぽうぽう」

そう言いながら、ゆっくり用心深く、その四方の囲みを狭めていく。四人は海の中での巻き網追い込み漁と同じことをやっているのだった。

「ぽうぽうぽう」

「ぽうぽうぽう」

あともう少しで四人のうちの誰かがその巨鳥に飛びつけそうなくらいの距離に囲みが小さくなった時、突然、巨鳥は自分の羽根を左右にひろげた。そのひろげ方は空へ飛びあがる時のしぐさとは明らかに違って、唐突に横に突き出すようにひろげた、という感じで、まるで四人が手をひろげたのを真似しているようにも見えた。しかしそのしぐさは、なんだかとてもおかしかったので、思わず四人は笑ってしまった。

巨鳥は大きく羽根をひろげたまま、自分を取り囲んでいる四人をくるくるした目で眺め、それからいきなり、

「ぽうぽうぽう」

と鳴いた。

さっきまで四人が言っていたのとよく似た音の高さなので、まるで真似をしているようだった。

「ぽうぽうぽう」

ネギーがそれを試すようにして、もう一度言った。

「ぽうぽうぽう」

巨鳥は同じ調子で、それに応えた。

ターラが笑っていた。

「きちきちきち」

ネギーが何を思ったのか、いきなりカン高い声でそんなことを言いながら、ひろげた左右の手を上下に揺すった。

ターラが素早く反応して、同じようにひろげた手を上下に揺すりながら、「きちきちきち」と言った。カポとノケもそれに続いた。

「きちきちきちきち」

「きちきちきちきち」

すると、巨鳥はひろげた羽根を上下に揺すりながら、「きちきちきちきち」と鳴いた。

ターラが笑い、残りの男たちも笑った。

「ハハハハハ」巨鳥も笑った。もうその段階で、四人はこの巨鳥の意図を理解した。すでに捕まえようと思えばいつでも簡単にできそうだったが、誰もそうする気がなくなっていた。

「なんてヘンな鳥なんだ、コイツ」

ネギーが口とその周りの口髭を丸くして陽気に笑った。

「コイツコイツコイツ」

と、その巨鳥が言った。どうやら人間の口真似が、とてつもなく上手な鳥らしいとわかってきた。なんだか気がぬけてしまい、四人は次々にその場所にへたりこんだ。すると巨鳥もしばらくして、その場所に座った。それから四人の顔を順番に眺め、「さあ次は何をしよう」と言わんばかりにくるくると首をかしげてみせた。

そいつは四人のあとをずっとついてくることになった。名前はいつの間にか「ぽうぽう」になっていた。なんだか訳のわからない鳥だったが、しかしとりあえず好きにさせることにした。

浜辺と岸辺の草や林のちょうど中間あたりを歩いていくと、やがて四人は待望のものを見つけた。

水がしみ出て流れた跡である。いまは何もないが、草つきの斜面から、かつて明らかに水が小さな川のようになって流れ出た痕跡（こんせき）がある。

「ようし！」

カポが元気のいい声を出した。躊躇（ちゅうちょ）することなく、四人と、そして「ぽうぽう」は、そこから一列になって斜面の水流の跡をたどっていった。草つきの斜面に出ると、水の流れていたとおぼしきところが、はっきり緑が濃くなっている。とてもわかりやすいルートであった。再びさっきのようなジャングルに入り、しばらく行くとついに水の流れているところに到達した。まだ川というだけの水量はなかったが、それでも湿った崖の下から確かにとろとろと水が湧き出している。カポがそれを両手に受けて口に含んだ。

沈黙して三人が見守る。

「やった！　いい水だ！　うまいぞ」

カポが力強い声で言った。

「やった、やった。やったぞ！」

ネギーが叫ぶ。

「ヤッタヤッタ」

ぽうぽうが言う。

皆で交互に両手を出して久しぶりの冷たい真水を腹いっぱい飲んだ。豊富とは言えないが、水源らしきものを発見したのは、とてつもなく嬉しいことであった。渇きを満たされて四人がすっかり満足していると、ぽうぽうも一番最後に水を飲んでいる。本当に喉が渇いていたのか、これまでと同じように人間の真似をしているだけなのかわからなかったが、とにかくヘンな鳥だ。

「まだはっきりとは言えないが、しかしどうやらここはやっぱり無人島のようだよ。こうして水の出ているところにもヒト足の踏み跡がないし、それにこんなヘンな鳥もいるからなあ」

カポが言った。

四人は座りこみ、ターラのすぐそばに、ぽうぽうも座っていた。まったく人間の隣で座りこんでしまう鳥というのも珍しい。

「じゃあこれから、おれたちはどうなるのかなあ」

ネギーがいまいましげに言った。

「しばらくはここで生きていくことを考えないとなあ。そうしている間に誰かがきっとやってくると思うんだよ。おれたちだって時々、フンデロッテの近くの無人島へ行くだろう。あれと同じように、この近くに住んでいる人がきっとやってくる」

「でもそれじゃあ、何日この島にこうしているかわからないなあ」

ネギーが言った。

カポが頷く。

「それならそれで、もっと快適に暮らせるような寝場所を探そうじゃないか。まあ水はここにあるとしても、もっと元気の出る食べ物がほしいなあ」

ネギーはそう言ってチラリとぽうぽうを見た。もともとうまそうな鳥がいるな、と思って、このぽうぽうを取り囲んだのだが、こんなふうにいつの間にか、ぽうぽうはすっかり自分らの仲間のような恰好をしてそばに座りこんでいる。いまさらぽうぽうを食べる、という気にはならなかった。

「こいつはちょっと食いにくいな」

ネギーがぽうぽうを眺めながらそんなことを言ったので、ノケもネギーの考えていることがわかったようだった。

「うん。せっかくだったけれど、こうなるとちょっと食いにくいな」

カポも残念そうに言った。

「にくいな」

と、ぽうぽうがタ一ラの隣に座ったまま、そう言った。

草の上でしばらくみんなで話しあい、寝場所をつくるなら、この島に誰かがやってきてもすぐにそのことがわかり、しかも水場に近いところがいい、ということになった。

それには、いま四人が川筋の痕跡を見つけて登ってきたジャングルへ入る入口あたりが、もっとも都合がいいのではないか、ということになった。

「よおし、では急ごう！」

ネギーが丸い目玉をぐるぐる回すようにして言った。何か考えが決まったら、すぐ行動する、というのがネギーのいいところだ。とにかく四人と一羽は、急ぎ足でいま登ってきたところをまた戻った。

浜まで降りると、海岸とリーフと、その先の海が一望のもとに見渡せる場所は至る所にあったが、カポはジャングルからすっかり出てしまうのはよくない、と主張して、海岸から少しジャングルの中に入りこんだあたりを選んだ。そこは、あのオレンジ色の実をつけたカモの木がいっぱいに繁っていたが、そのカモの木よりもひときわ高く大きく、コネコネの木が枝葉をひろげていた。コネというのは「ひる寝」の意味だ。その名のとおり、この木はフンデロッテ村にもあちこちに生えていたが、密集した枝葉がちょうどいい日陰をつくり、なおかつ風をよく通すので、実際にこの下でひる寝をする人が多かった。

その島のコネコネはフンデロッテ村のコネコネの数倍もある大きさで、その下に入ると頭上に繁る枝葉はまさに屋根のようだった。おまけに下の方の枝は地面とほぼ平行になって、何本もの太い枝が四方八方に張り出しているので、その木の上に別の木から切り取った枝を何本も張り渡すと、ちょっとした木の上の家のようになった。

こういう工作はノケが得意だったので、家づくりはノケとネギーが中心になった。

数時間で、コネコネの木の幹を丸く囲むようにして、四人がゆったり寝られるくらいの「家」ができあがった。

ターラはそのあたりを歩き回り、木の枝のベッドの上に敷く草を探した。そのターラのあとを、ぽうぽうがずっとくっついて歩き回っていた。

カポもターラとは別に、さらにその周囲を歩き回り、数本の長いまっすぐな木の枝を切ってきた。

「この木で、キ(槍)のようなものを作れないだろうか?」

そう言って手斧と一緒にノケに差しだした。ノケは少し考え、やがてその中で一番まっすぐな木を選ぶと、小さな返し(槍穂の先のひっかけ)のある一本槍を器用に削ってみせた。きれいに皮を剥いだ槍はカポの背丈ぐらいはある。

カポが考えていることはすぐにわかった。その木の槍で魚を獲ろうとしているのだ。しかし、いかにカポが魚突きの名人といっても、木の槍であのすばしこい魚を突くのは無理だろう、と誰しもが思った。

「まあとにかくやってみよう。ここらの魚はもしかすると、のんびりとこっちへ寄ってくるかもしれないからな」

みんなの思っていることを察してカポは言った。そうしてぽうぽうを見た。ノケもネギーもターラも「ハハハ」と笑った。「ハハハ」とぽうぽうも笑った。

初めての漁はみんなでやった。いつもだったらリーフの外に出て、水深十〜二十メートルぐらいは潜(もぐ)っていって、狙った獲物は必ず仕留めてくるのだが、いまはカヌーがないから、とりあえずリーフの中で試してみることにした。ターラはノケの作った籠を持って海に入ってきた。浜辺でぽうぽうがとり残されて困ったように足踏みし、左右に走り、また足踏みしている。リーフの中の様子は、フンデロッテ村のリーフの風景とあまり変わらなかった。しかし魚の数はずっと多い。

魚も知っているものが多かった。白い木の槍をかまえ、カポが狙いをつけて急潜水していく。他の三人は水面からその様子を眺めていた。水中メガネがないのでぼやけていたが、でもカポたちは子供の頃はもっぱら水の中でメガネなしで魚を追ってきたのだ。水中メガネなしで潜るのに慣れていないノケ以外は、カポの動きも、カポに狙われて岩の隅に逃げていく魚の様子もよくわかった。

やがて水面から三メートルほど潜っていたネギーが振り返り、「やったあ」と大きい声を出した。水の中にいる他の二人には、その声までは聞こえなかったが、ゴボッと噴き出てくる沢山のあぶくとネギーの口のかたちで、その意味がよくわかった。

間もなく木の槍の先端に大きなギバ（石鯛(いしだい)の仲間）を突き刺したカポが、ゆっくり上昇してきた。ノケの作った返しは、充分威力を発揮したのだ。

カポはさらに、その槍で巨大なツンク（五色海老(えび)）を獲り、ターラとネギーはその間に、キネケネ（巻き貝の一種）をはじめとして何種類もの貝を見つけてきた。

第一日目の漁は大成功だった。日頃、こういう海から獲れるものを食べている四人は、早速、海辺で魚や海老をバラし、そのままむさぼるようにして食べた。久しぶりにエネルギーの出る食べ物を腹に入れた感じだった。四人はすっかり嬉しくなった。ぽうぽうもやっと四人が海岸に戻ってきたので嬉しくてたまらないようで、またもやにぎやかに走り回っている。

ひとつだけ残念なことは、ノケの作った木の槍の返しが、海老を二、三匹突いたところで壊れてしまったことだ。

「こんなのはすぐできるから、また次の漁の前に作ればいいよ」

ノケは力に満ちた声で言ったが、本当はどこかで鉄の鋭いもの、たとえば古釘でもいいから、そういうものが見つかれば、もっと頑丈で、もっと大物を狙えるものをこしらえることができるのに——と悔しい思いを募らせてもいた。

魚や海老や貝で腹がいっぱいになると、水がほしくなってきた。食べた物がみんなどこか塩辛いのだから当然だった。またあの水場まで行かねばならない。どっちにしても水をためておくことのできる器が必要だった。そういう器の代用になるものが何かないだろうか……。四人はそのことについて、しばらく話しあった。

「とりあえず、手頃な貝を見つけよう」という話になった。フンデロッテ村には、ところどころに巨大なパパラ（ロバノミミ貝の一種）がころがっていた。大昔、そこに住んでいた人が水桶代わりに使っていたのだという。

「あのパパラを見つければいい」

四人の意見は素早くそういうことで一致した。しかしパパラのような巨大な貝は、もっと沖の深いところへ潜らなければなかなか見つからない。

「でもちょっと見てみよう」

そう言うが早いか、ターラはリーフの中に飛び込んでいった。

しばらくしてターラは大きな巻き貝を抱えて浮上してきた。まだずしりと重い中身が入っている。さすがに毎日、母親と貝獲りの潜水をしているだけあって、見事な手際だった。その巻き貝は、ターラの顔ぐらいの大きさだった。

「このくらいなら、よく探せばまだいっぱいあるよ」

海面に顔を出し、水面のあちこちをきらきら光らせながら、ターラは大声で言った。

「じゃあ、あとふたつ」

ネギーが大声で言った。

ターラが獲ってきたそれを放り投げると、ネギーが上手に受けとめた。ターラはそれからまた、張り切って海の底に向かっていった。こういうことをするのが嬉しくてたまらないようだった。

結局、ターラは四つの大きな巻き貝を獲ってきた。みんなで話しあい、ひる寝の木の家に戻り、この貝の中身をくりぬいて、水の容器を作ることにした。

そろそろ陽(ひ)が傾き始めていた。

中身をくりぬいた貝を持って、ターラとネギーが水を汲みに行った。カポとノケは再び海に出る。目的は、キ（槍）の穂先の代用になるようなものを見つけることだった。

いきなりふた手に分れてしまったので、困ったのはぽうぽうだった。どっちについていくか少し迷ったようだったが、結局、ターラの水汲み組の方についていった。ぽうぽうは四人の中ではターラに一番親近感をもっているようだった。ノケはそのことは、早くからなんとなく気づいていた。しかし、ターラにそんなことは言えなかった。「それじゃあ、あたしが一番ぽうぽうに似ているという訳なの！」などと、すぐに嚙みつかれてしまいそうだったからだ。漂流しても、無人島に流されても、ターラの気の強さは変わらなかった。

海岸に出たカポとノケは、海岸線を陽の傾く方向にずっと歩いていった。

何度か嵐がきたらしく、波打ちぎわの上の方にまで、さまざまな漂着物が打ちよせられていた。

それらの多くは流木や椰子をはじめとした大きな植物の実や、正体のよくわからないナニモノかの大きな骨などで、ノケが期待していた船の破片や、その道具類などは、まるで見あたらなかった。

人の暮らしに結びつくものは、ビンのカケラや網の崩れたかたまりぐらいで、ビンの中には電球の破片と思えるごくごく薄いカミソリ代わりにもできそうなものがあった。ノケはカポの質問に答え、電球のことを説明したが、まず電気のことをきちんと理解してもらわなければならず、カポがすっかり理解したとは思えなかった。

大きな流木の一本に釘が沢山打ちこまれているのを見つけた。これはなかなか素晴らしい発見であった。カポが斧の背を使って、そのうちの何本かを抜こうと試みたが、大きな釘はあまりにもがっちり深く打ちこんであって、びくともしない。無理やり引き抜こうとすると、釘の頭のところだけ取れてしまいそうだったので、これはもう少し余裕のある時に、改めてじっくり取りにこよう、ということになった。

そこからさらに一キロほど歩いていったあたりで、ガラスの玉を見つけた。

大きなものでカポの頭の三倍くらいはあったが、どこも割れておらず、夕陽に近い斜めの太陽の光に美しく輝いている。

「宝もののようだ」

カポがそいつを頭上にかかげ、感心したようにぐるぐる回した。何に使えるかわからなかったが、素晴らしい拾得物であった。

第五章

発明と発見

次の日もよく晴れた。四人と一羽は起きるとすぐに海へ行き、水に潜って全身をさっぱりさせた。朝食はターラがぽうぽうと一緒に穫りにいってきた蔓瓜の実をかじり、カポが海からまたいくつかの貝を獲ってきて、みんなでそれを分けた。海は濃すぎて黒く見えるほどの深いブルーに染まり、雲は水平線の向こうに安定して低く浮かんでいた。太陽がもっと頭上にあがってくると暑くなりそうだ。久しぶりに移動しなくていい日だった。

これからどうなるのだろう、という不安な気持は誰しも抱いていたが、誰もそれを口にしなかった。いまいたずらにそんなことを心配しても、とりあえずどうにもならない、ということを、よく知っていたからだ。

波うちぎわを歩くと、とにかく何かしら新しい発見がある、ということがわかってきたので、カポとノケは、昨日とは反対側の海岸線を歩くことにした。

ターラは今朝がた、ぽうぽうと蔓瓜の実を穫りに行く時、マーボの樹を見つけたので、それの蔓皮を剝ぎにいきたい、と言った。マーボの蔓皮は薄くて滑らかで強靭なので、フンデロッテ村の女たちは、それを編んで上手に樹布（樹皮で作った織物）をこしらえるのだ。

ネギーは昨日、ターラが海から獲ってきた巻き貝で水を汲んできたけれど、まだ中の身を取ったばかりなので水を入れて一晩たつと、やっぱりどうも水にナマグサい匂いがつくので、海岸の砂で貝の中をもっと徹底的に洗っておきたい、と言った。

そこで、みんなそれぞれの方向に別れた。ぽうぽうは海辺で上手に小さな魚を獲ってはそれを食べていたが、いきなりみんなが三方向に別れていくのを見て跳びはねるようにして驚き、慌ててターラのあとについていった。それを見て「ワハハ」とカポたちが笑った。

「ワハハ」とぽうぽうが走りながら笑った。ネギーも気がついて笑った。

カポとノケは昨日と同じように波打ちぎわと、浜の奥の樹や草がつき始めるちょうど中間のあたりをゆっくり歩き、島の東側に進んでいった。島は丸い形をしているようで、リーフもとぎれることがなかった。

ところどころ砂浜を引き裂くようにして岩が突き出し、流木がいくつもひっかかっていた。ノケはその流木を子細に調べていった。昨日見つけたような釘つきのものを見つけたかったのだ。

しかし海流の関係なのか、一時間ほど歩いても東側の浜にはたいした漂流物の収穫はなかった。二人が見つけて何かの役に立つと思ったのは、複雑にからみあった針金のかたまりと、手製と思われる小さな櫂であった。カポたちの住んでいる島や、その海域ではあまり見ない先端のとがった櫂で、握り棒のところにすべりどめの刻みがいくつか入っていた。

針金のかたまりはずしりと重く、これだけが流れてくる訳はないから、この近くまで流木か何かにからまっていて、自分らと同じように嵐か何かに翻弄され、リーフを越えてこの浜に叩きつけられた時に切り離されたのかもしれない、と二人は話しあった。

重い針金のかたまりを持って歩くのも大変だから海岸の真ん中にそれを置き、目印のために拾ったばかりの櫂を逆さにして砂浜に突き刺しておいた。

それから二人はさらに東へ進んだ。太陽がしだいに頭上に昇ってくると暑さが増してきた。喉が渇いたので、カモの実を見つけてそれを食べた。味はあまりしないが、カモの実の水分がけっこうありがたかった。

それから近くの木の枝を切って、ノケが昨日と同じように〝キ〟を作り、それを持ってカポが目の前の海に潜っていった。

カポはカネカニヤ（水だこ）をつかまえて戻ってきた。フンデロッテ村では、カネカニヤはやたらに食べてはいけないことになっている。そういう意味では、カポはちょうどいい場所でつかまえたのだ。

「じつは昨日もこいつを岩のあちこちで見つけたのだけれど、獲るのはやめておいた。でも一度、こいつを食べてみたいと思っていたんだよ」

カポが笑いながら言った。

「おれの住んでいた国では、このカネカニヤはごちそうなんだよ」

ノケが嬉しそうに言った。

カネカニヤは、カポの片腕にからみつき、容易には離れなかった。ノケが数本の吸盤つきの足を引きはがし、カポが引き伸ばされたその足を斧（おの）で切った。少々荒っぽかったが、その方法が一番効果的であった。

切り落とした足をかじった。生のカネカニヤの肉は弾力があって歯に鋭くからみつき、飲みこむまでがひと苦労だった。

ノケは郷里で何度も食べてきたが、はじめてのカポはなんだか緊張しているようで、その様子がノケにはおかしかった。

「どうだい、味は？」

ノケが聞いた。

「貝の味に少し似ている。でも貝の方がうまい」

「これを水で煮ると、また別の味になるんだが」

「そうなんだ。そのことだがね」

まだ激しく口を動かしながらカポは続けた。

「火をつくる方法はないだろうか。おれたちの生活も水はあるし、魚も獲れることがわかった。あとは火がおこせれば文句はないのだが……」

「それは考えていた。そのために何かいいものが落ちていないだろうか、と期待していたのだけれど……」

無念そうにノケは答えた。

カポはまだ生きているカネカニヤを蔓でしばって背中にぶらさげ、再び歩き始めた。

しばらく行くと、カポたちが当面の寝場所に決めたところと同じような川の流れの跡を見つけた。ここも雨が降ると小さな川になるらしい。東側の海岸は、カポたちが拠点にしているところと同じような風景が続いていた。東側に回りこむと遠くに島影でも見えないだろうかと期待したのだが、それも望めなかった。

内陸側の山の風景もとくに大きな変化はなく、海岸線近くの繁みには相変わらずカモの実がタワワに実っている。

フンデロッテ村ではあまり見ない頭の白い鳥の群れが、その実をついばんでいる。その他にも、そこへくるまでに何種類かの鳥の群れを見た。そのうちの何羽かは、日本のアジサシのように波の上にホバリングし、時折、鋭くダイビングして水の中の小魚を獲っているのを見た。

しかし、ぽうぽうと同じ種類の大型鳥は、あれ以来見かけなかった。あの種類の鳥は海岸ではなくて山の木の中にすんでいるのかもしれない、とノケは思った。

その日の探索はそのあたりで終わりにして、帰りがけに漂着収得物の櫂と、からみあった針金とをかついで、ひる寝の木の家に戻った。

ネギーとターラの姿は見えなかったが、水のたっぷり入った巻き貝と蔓瓜などいくつかの新しい果実が並べられているので、ネギーの仕事は終わったらしいとすぐにわかった。

まだ漂着したばかりで詳しい様子はほとんど何もわかっていない、という状態ではあったが、それでも水があって、食べ物があって、寝る場所があるところへ戻ってこられる、というのは、なんとも気持のやすらぐことであるな、とノケは思った。

カポも同じような気分のようで、なんとなくくつろいだ顔でひる寝の木の家の周りを歩き、下ばえの少々動き回るのに邪魔な小枝など斧で叩き払っている。

ノケは海から持ってきた物を、昨日の大きなガラスの球のそばに並べておいた。そのあたりは頭上の木立が切れていて、強い陽光が差し込んでいる。太陽の光がガラス球を通って屈折し、斜め下のあたりにいくつかの色が分光され、虹のカケラのようなものができていた。

しばらくそいつを眺めていたノケが、

「わあっ」

と、いきなり小さく叫んだ。

どうした？　というようにカポが手を休めてノケを眺めた。

「カポ。いいことを思いついた。その斧でこいつをうまく割ってくれないか」

ノケが指さす「こいつ」というのは大きなガラス球であった。

「えっ？　割ってしまうのか？」

「うん。うまくいくかどうかわからないが、もしかすると火がつくれるかもしれない」

「なんだって？」

「火おこしのレンズを作る」

「レンズ？　レンズって何だ？」

「いいから早く割ってくれ。きれいな球だけれど、どうせ拾ったものだから割ってもいいだろう。おれたちに大事なのは、いまは宝ものよりも食べ物だからな」

果たして思いついた試みがうまくいくかどうか心配なところもあったが、しかしいまは何にでも挑戦してみる時だろう、とノケは思った。

どこをどのようにすべきか少々戸惑いながらも、カポは慎重に斧の刃をあてた。力を込めて叩けばコナゴナに割れてしまうだろうから、それなりの手加減が必要のようだが、その具合がよくわからないようだ。

「まあ、とにかくいっぺんにエイヤッと頼む！」

ノケが思いきりをつけるようにして言った。

「エイヤッ」

と小さく叫んでカポは斧を打ちおろした。ちょっと身のすくむような音をたてて球は割れた。いい具合だった。

斧の刃は球の上部三分の一ほどを粉砕し、下部に向かって長い斜めの亀裂をこしらえた。

「どうだろうか？」

「うまくいったよ」

ノケは立ちあがり、ネギーが汲んできた巻き貝の水を持ってきて、球の割れ目から中に注ぎこんだ。

「子供の頃にレンズを使って紙を燃やす遊びをよくやったんだ。おじいさんの老眼鏡を使ってね」

「老眼鏡？　ああメガネのことだな」

「そう。老人のかけるメガネで火がつくれたんだ」

「なるほど、それと同じものを作ろう、という訳だな」

水の入った大きな球を持って、ノケはもっと陽ざしのたっぷりあたるところへ移動した。

「カポ、枯れたケフ（草）を見つけてくれ」

返事をするよりも早くカポは繁みの中に入って、たちまちひと抱えの枯れた草葉を持ってきた。太陽の向きを考え、ガラス球を上下させて太陽の光の焦点を合わせようとノケは必死になった。しかし手で持っていると、ガラス球の中で水がたえず揺れるので、なかなかくっきりした焦点はできない。

「手で持っているのじゃ、むずかしいようだ」

ノケが残念そうに言った。

「それに太陽が頂点にきていないと駄目かもしれないな」

「そうなのか」

「こいつを支える台をこしらえる必要がある」

「言ってくれ。材料を探してくるよ」

すぐに火がつくれないのがもどかしかった。

「その台を明日の朝までにこしらえてしまおう」

カポはノケの火おこし作戦に、だいぶ興奮しているようだった。

草を踏む足音と声が聞こえた。ターラのひときわカン高い声だった。ネギーと一緒のようだ。

すぐに二人とぽうぽうが姿をあらわした。

「喜んでくれ。おれたちも魚を沢山つかまえてきたよ」

ネギーが嬉しそうな声を張りあげている。

二人して見慣れない網袋のようなものを持ち、その上に沢山の魚がのっていた。獲ったばかりらしく、まだ何匹かがその上で跳ねている。

「ターラが網を作ったんだ」

ネギーが叫んだ。

ターラとネギーのつかまえてきた魚は、長い蔓草（つるくさ）に魚の鰓（えら）を通して、いくつもつなげてあった。

カポが木で作った槍（やり）で獲ってきた魚よりは小ぶりだったが、数が多い。

ネギーが肩に背負っているのが、ターラの作った網のようだった。

「へえ、すごいなあ。どうやってこんなものを作ったんだい？」

ノケが感心してネギーの背負ってきた網をひろげた。それはターラが昨日見つけた織布にする樹の皮を細かく裂いて、それで編んで作ったものであった。

「このへんの魚はヒトに出会ったことがないようで、すぐ近くまで接近していけるんだ。

だからちょっと網のほうに追い込んでいくと、簡単につかまえてしまえるんだ」

　ターラが言った。

「ターラ、この網のもっと大きいのを作れるかい」

　カポが聞いた。

「樹皮の木は沢山あるからね。みんなが手伝ってくれたら、どんな大きなものでも作れるよ」

　ターラが力のこもった声で言った。

「そうか。それなら当分の間は大丈夫だな。すると次にほしいのは、やっぱり火だな。それについてはノケがいいことを思いついたんだ」

　カポはそう言いながら、二人をガラス球レンズのところへ連れていった。

「ふーん。これでどうするんだ？」

　ネギーがぽかんとした顔で水の入ったガラス球を覗きこんでいる。

「ああ、わかった。これはゴボンおばあの〝いたたの球〟と同じだね」

　ターラが頷いている。

「なんだそれは？　はじめて聞いたぞ」

　ネギーが目玉をぎょろつかせる。

「女会議の時に子供がおしおきを受けることがあるの。そのおしおきがゴボンのおばあが持っている〝いたたの球〟で体を熱くさせるんだ。いつも太陽が真上にある時にやるから、これで太陽を小さく集めると体がじりじりしてとても痛いんだよ。それと同じようなものだろう」

ターラが少し笑いながら言った。

「ターラもそのおしおきをされたのか？」

ネギーが好奇心に満ちた顔で聞いた。

「うんと小さい時にやられたよ。お母さんの言うことをきかないで、一日中マケケ（とびウサギ＝実際はムササビのこと）を追っていて家に帰らなかった時のことだ」

「うんうん、マケケを追うと面白いからなあ」

ネギーが頷く。女主導型社会のフンデロッテ村では、男の子がそんなふうに一日何かを追って、どこかをすっとび歩いても何も言われなかったが、女の子が言いつけをきかないと、そのおとがめのしきたりは厳しかった。

「で、その時、ゴボンおばあはどんなふうに〝いたたの球〟を使っていた？」

ノケが聞いた。

「自分がやられている時はよくわからなかったけれど、あとでほかの人がおしおきを受けるのを見ていたら〝球〟をゴボンのおばあが両手で持って手を上下に動かして、その下におしおきされる子がうつぶせに寝そべっているんだ」

「はあーん」

カポとネギーが同時に言った。

「そうか、わかったぞ」

ノケが両手を叩いた。

「ガラス球は大きいから、もっと高いところに置けばいいんだ」

ノケ以外の三人は顔をぽかんとさせていたが、ノケだけはえらく元気になっていた。

ノケはそのまま外に出ていき、斧を使って近くの木の枝をいくつも切り取っていた。

「何をする？」

ネギーが聞く。

「まあ見ていてくれ」

ノケは斧で切り取った何本もの木の枝を蔓で組み合わせ、またたく間に人間の背丈ほどもあるやぐら状のものをこしらえた。そのてっぺんは木の枝を放射状に丸く組んだ。

それからネギーに手伝ってもらって、その上に水の入ったガラス球を置いた。もうそのあたりでカポとターラにはノケの考えていることがわかっていたが、ネギーはなんだかまだ見当がつかないようだった。

「さあこれで明日の昼まで待とう」

ノケが大きな期待と少々の不安が入りまじったような顔をして、周りの三人に言った。

「うまくいくといいな」

カポが頭上の太陽を眺めて言った。

「なんだなんだ？」

ネギーが少し不満気な声で言った。

「なんだなんだ」

ぽうぽうが言った。

「ノケがこれで火をつくろうとしているのよ」

ターラが説明する。

「火を？」

「うまくいったらの話さ」

太陽を眺め、ノケが低い声でそう言った。

その夜おそく、かなり強い雨が降った。大きく丸く繁った木は、そこそこの雨よけになったが、それでも幹や枝葉を伝って濡れていく。

夜ではあったけれど、ターラは体にまとっているものをすっかり脱ぎ、降りしきる雨の中に体をさらしていた。

薄闇の中、素裸のターラが雨で体を洗っている姿は、なんだか火の踊りを舞っているようだった。フンデロッテ村では月のない晩に、浜辺の火の踊りというのをやる。娘が島の誰かと結婚することになって、それを皆で祝う時の舞いだった。

闇の中でおぼろげではあったが、ターラの舞いは静かに美しく見えた。

「いいなあ、ターラはきれいだなあ」

同じようにそれを見ていたらしく、ネギーがつぶやくようにして言った。

「見ていたのか」

カポが言う。

「見ていたよ」

ノケが答えた。

つまりはみんなターラの雨の中の踊りを見ていたのだ。三人はなんとなく静かに笑った。

「しかし不思議だなあ。島にいる時は、おれたちみんなターラをいつか嫁にしたいと願っていたのに、こうして、こんなところで、こういう生活を一緒にしてしまうと、あまりそんなことを考えなくなってしまったなあ」

ぼそぼそ声でネギーが言う。

「本当にそうだなあ」

「しかし、そうであってもターラは勇気があって、知恵があって、とてもいい娘だよ」

「まったくそうだ」

三人がぼそぼそ話している声も、降りしきる雨の音でターラには聞こえていないはずだった。

「あのなあ、みんなでちょっと約束しよう」

それでもネギーがいくらか声をひそめて言った。

「なんだ」

「これから先、どうなるかわからないけれど、この旅が終わるまで、おれたち三人はヌケガケでターラに結婚を申し込むのは禁止しような」

カポとノケは少し黙り、そのあいだ雨の音だけふいに大きくなった。

「わかった。賛成だ」

カポが言った。

「わかった。それがいい」

ノケが言った。

翌日もよく晴れた。

ノケは太陽が一番高くあがる時間まで熱心に動き回って、水の入ったガラス球を置く木のやぐらを、もっとしっかりしたものに作りかえる仕事に精を出した。木と木を組みあわせて、それをきっちり押さえるのに豊富な蔓があったので、仕事はうまくはかどった。

その間、カポとターラは海に入っていって魚や貝を獲り、ネギーは漂流物を探しに昨日ノケとカポが行かなかった西の海へ出かけた。

カポとターラが沢山の魚や貝を獲って戻ってきた頃、ノケのガラス球のやぐらが完成していた。

やがて太陽はノケたちの頭の真上にあがり、水の入ったガラス球の下には、たしかに強い陽光を集めた小さな光の束ができた。ノケは柔らかい木の皮や、枯れて丸くなったケメケネ（南洋ウマハミ草）を沢山集めてきて、それを大きな平らな貝殻の上に乗せ、ガラス球を通して集束している太陽の光の、もっとも小さな一点を見つけて、その下に置いた。

ガラス球を通した光は、虫メガネの凸レンズを通して集まる光よりはだいぶ太く、木の皮や枯れ草を燃えあがらせる、というところまでにはいかない。

ノケはしばらく考えていたが、凸レンズの形態をもう一度頭の中に思い描いているうちに、どうもガラス球の中の水の量が、あまりにも多すぎるようだ、ということに気づいた。そこで早速、ガラス球をやぐらから降ろし、その中の水のかなりの量を捨て、底の方にわずかに残すだけにした。それからさっきと同じように木の皮と柔らかい草の入った貝を下に置いた。

ノケの考えは正しかったようで、見事にさっきよりも小さくて強い光の束をつくることができた。

しかし、そのような修正作業をしているうちに、太陽は早くも頂点から西の方向へ少しズレてしまったようで、すでに光の束が傾いている。わずかな傾きではあったけれど、その分、光が弱くなってしまったようで、やはり草を燃やすことはできなかった。

また明日、挑戦し直すしかないようだった。

ノケの失望は、カポやターラにも伝わってしまったようで、その一連の仕事をかたわらで見ていたカポとターラは、実に心から悔しそうな顔をしてノケを励ました。

ノケの火づくり作戦はまだうまくはいかなかったが、その日の午後おそく、西の海岸から戻ってきたネギーが、なかなか素晴らしいおみやげを持ってきた。

なんと、西の海岸でカポのカヌーを見つけたのだ。ネギーの話によると、岸に打ちあげられたカヌーは、出発の時とは比べようもないくらいに壊れてしまっていたが、しかし全体の骨格はまだしっかりしていて、何かに利用できそうだ、というのである。

ネギーはそのほかにも馬の鞍(くら)と思われるものの一部分と、両手にいっぱいのビンロウジュの実を持ちかえった。この実はかじるとしぶかったが、しばらくすると頭の中がツンツンして鼻先がここちよくなる。南の島の人たちのかじるタバコのようなものであった。そこへくるまで、みんなその実がどこかにないかとあっちこっち注意深く見ていたのだが、見つけられずにいたのだ。

「よくやった、ネギー！」

三人は口々に喜びの声をあげた。

カポはカヌーが見つかったことで目を輝かせ、すぐに自分はそこに行く、と言って跳び出していった。そこで他の三人もビンロウジュの実をかみながらカポのあとを追った。もちろんぽうぽうもターラのすぐうしろにくっついて、ぱたぱたと走った。

カポのカヌーは、ひる寝の木の家から一時間ほど歩いたリーフの大きくひろがった海岸に打ちあげられていた。

ネギーが話していたように、かなりの損傷を受けてはいたが、竜骨はびくともしていなかったし、左舷に大きくあいた穴さえなんとか修復できれば、もう一度海に浮かべることができそうだった。

「平板を見つけられればなあ」

カポがつぶやいたそれは、あきらかにそのカヌーをもとのように修復させることを考えてのものとすぐにわかったから、他の三人も大きく頷き、それぞれがカヌー復活の夢を頭に描いたようだった。

海岸で暮らしていたら、この近くにいる誰かがいつか船でやってくるだろう、ということに望みを抱いてはいたが、この島に漂着して、まだただの一度も沖をいく船一隻見ていない、ということが、その思いをしだいに希薄なものにしてきているのもたしかだった。

島にとじこめられて、偶然の救出を待つよりも、やはり一刻も早くまた大海原（おおうなばら）に出て、自分たちの手で新しい〝どこか〟をめざしたかった。

あの日の嵐が海岸のかなり上の方までカヌーを運びあげてしまったようで、砂に埋まったそれは、まるでだいぶ前からこの島に打ちつけられているようにも見えた。

「よおし、このカヌーをとにかくみんなで直そう！」

カポが立ちあがって大きな声を出した。

「おお！」

ノケが手をたたいた。

「おお」

ターラが言った。

「おお」

ぽうぽうがタ－ラのうしろで言った。

「直るかな？」

「板さえ見つかれば、工夫してなんとかなるだろう。嵐さえこなければ、二、三日の航海に耐えられるぐらいのものでいいんだ。そのくらいで近くの別の島に行けるだろう」

「そうか、じゃあ明日からみんなで手分けして島中の海岸を歩いてみよう」

四人の顔つきが急に明るくなった。

いいことが続いた。

次の日、午前中に二手に別れて歩いた海べりで、うまくやればカヌーの修復に役立ちそうな流木を見つけたのだ。ほんの数枚分であったが、それは何かの樽（たる）の一部のようで、おあつらえむきにゆるいカーブを描いており、カヌーの舷側の丸みにうまく合いそうだった。そういう流木がもっと見つかればいいというので、ネギーとタ－ラとぽうぽうは、まだ行っていない南の海岸に張り切って出かけて行った。

いいことはそればかりではなかった。

ノケがついに火をつくったのだ。

その日、ノケは薄くしたガラス球の水レンズで、太陽がもっとも頂点にきた時、太陽の鋭く細い光の焦点をこしらえて細長く伸びる紫色の煙と、小さいけれどしっかりと炎の踊る貝を持ってカポの前にやってきた。

火は、ひる寝の木の家の前にあらかじめ用意してあったもう少し多めに集めてある薄皮のかたまりと、枯れた葉のひとかたまりに慎重に移され、もっと大きな炎に育てられた。

「おお、ついにやったなあ」

カポがノケの肩を激しく叩いた。

一方、南の浜の探索から帰ってきたネギーたちは、見事に長い平らな板を三枚も見つけて帰ってきた。カヌーの丸みをおびた船体を形づくるには少々厚すぎて、どのようにして使うか考えねばならなかったが、でもまあ貴重な成果に間違いなかった。

その晩はノケのつくった焚火で、獲ったばかりの魚や貝を焼いた。それらにターラの見つけてきたライムに似た木の実の汁をたっぷりかけ、久しぶりに火のとおった料理らしいものを食べて、みんな満足気だった。

ノケのつくった火は、ひる寝の木の家の近くの焚火になった。ガラス球レンズと太陽のやぐら（と、みんなで呼ぶことになった）があれば、火はいつでもつくれるけれど、タイミングが難しいので、いったん燃えあがった火は焚火にして注意深く薪を投入し、火種を絶やさないようにしよう、ということになった。

そうしておくと常に煙があがっているので、誰かがこの島の近くにやってきた時、自分たちのいることの目印になる、という期待にもつながった。

その一方で、カポとノケはネギーの見つけてきた自分たちのカヌーのところまで毎日行き、カヌーの修復作業を開始した。

自然に四人の日課が決まってきた。

まずターラが毎朝、海に潜って魚や貝を獲ってくる。

工作のうまいノケが、あちこちから拾い集めてきた漂流物から金属製の返しのついた槍先（やりさき）の手モリを何本も作っていたから、カポが潜っていかなくてもターラの腕でかなり大きな魚や海老（えび）を獲ってくることが可能になっていた。水の中で突いた魚はターラの作った網にくるんでしまうので、何度も連続して獲ることができた。

もっとも海潜りの技量はカポの次にターラが実力者だったから、この役割は適任でもあった。

ネギーはモクモクの収穫や、水を汲む仕事をした。ビンロウジュの実もそのあと何個所かで見つかったので、島の生活はしだいに豊かになっていった。

ターラとネギーが朝食の仕度をしている間に、カポとノケは手に入れた平板を切ったり、折り曲げたりしてカヌー修復の材料づくりに精を出した。厚い平板を曲げるには焚火の火が有効だった。

板を押さえるのに一番効果的な釘は、マンブケーを細く切り裂いたものであったが、フンデロッテ村ではあんなにいっぱいあるマンブケーも、島の位置が変わってしまうと一本も生えていないので、そこのところがノケにはなんとも歯がみするほど悔しいことであった。

しかし、その悩みも数日のうちに解消した。

カポとノケはある程度加工した材料を持って、毎日、西海岸のカヌーの場所まで出かけていたが、その日によってさまざまな漂着物が打ちあげられているので、カヌーのところへ行くまで新しい漂着物を探すのも重要な仕事であった。

そしてその日、二人はリーフの隆起サンゴのひとつにひっかかっていたマンブケーの水筒を発見したのだ。ノケが水の保管のためにカポのカヌーの両舷にくくりつけていたうちの一本が、ここに流れ着いていたのだ。

それを見て、ノケは小躍り（こおど）して喜んだ。もう平板を何で打ちつけたらいいか、悩まなくてすんだからである。

あの嵐の夜にカヌーから引きはがされ、あちこち海流にもてあそばれて、結局ここに押し流されてきたのだろう、そのマンブケーのあちこちには、ピキ（フジツボの仲間）や海草が至る所にこびりついていた。

あちこちに割れ目ができていたが、驚いたことに節のいくつかには、まだ水がそのまま残っているようでもあった。

ノケは喜び、試しに斧で切れ目を入れ、中の水を飲んでみた。やや塩っぽいが、しかしそれはまぎれもなく、ノケが注ぎこんだフンデロッテ村の水の味であった。

「ノケ、懐かしい味だなあ。よおし、おれたちは必ずあのカヌーを直して、目的のタルデワカシの島に行って、そうしてフンデロッテ村へ帰ろう」

ノケのあとにその水を飲んだカポが、力をこめてそう言った。

その日はさらに水中メガネを拾うことができた。両方のガラスは割れていたが、ノケにとっては懐かしい海の道具だった。ふたつの小さな丸い木をくりぬいて、その先端にガラスをはめ、水中メガネにする。ノケの育った鹿児島では、漁師たちがそれをはめて水の中に潜っていた。

ノケはその使い方をカポに説明した。

「これをつけて海の中に潜ると、いまの百倍ぐらい遠くまで海の中を見通すことができるんだよ」

カポはガラスのないその水中メガネを自分の目のところにくりつけ、ふーん？　という顔をした。

二人はその日、カヌーの破損した穴に曲げの入った平板を打ちつける仕事をした。マンブケーを細く裂いて、くさび状の竹釘にし、斧で少し裂け目を入れた平板に打ちつける。マンブケーは永いこと水につかっていたので、力加減を誤るとすぐに途中で折れてしまったが、三回に一回はうまくカヌーの本体にまで突き刺さった。すべてをマンブケーで止めるのは無理なので、鬼蔓（おにづる）を細く切ってよりあわせたものでそれを止めていく。苛（いら）つかず、あせらず、ひとつひとつ丁寧（ていねい）にやっていくのがうまくやるコツのようだった。

こうして左舷の大穴は、五日ほどでとりあえずふさがった。

そのほかにも小さな破損個所は沢山あったが、左舷の大穴をふさいだことでノケとカポはだいぶ自信を持っていた。

問題は、ふさいだ木と木の間にまだ大小無数の隙間（すきま）があることで、これを埋めるにはメグメグの樹液を見つけてきて、それで埋めていくのが一番だった。

そこで三日前からネギーが山の中に入って、メグメグ探しを続けていた。メグメグは白い花を咲かせる時に強烈に甘い匂（にお）いを流すので、そういう季節なら探すのは簡単だったが、いまはどうかわからない。第一この島は、フンデロッテ村とはだいぶ生えている植物の種類が違うようだったから、誰にも確信は持てなかった。しかしビンロウジュを探してきた目のいいネギーのことだから、きっと見つけるに違いない、とノケは考えていた。

ノケのその考えは当たって、山に入って四日目にとうとうネギーはメグメグによく似た樹液壺（つぼ）をいくつも見つけた。それをノケの作った蔓籠（つるかご）に入れて西海岸にやってきた。やっと目的のものを見つけてネギーは嬉しそうだったが、そのにこにこ笑いの顔のあっちこっちが腫れあがっていた。

「木の幹のコボ（ほら穴）の中にピクチ（フカバチ）の巣があったんだよ。おかげであっちこっち刺されちまったけれど、悔しいからこれも持ってきたぞ」

そう言って、ネギーは片手に大事そうに抱えていたものを差し出してみせた。

それは見事に、たっぷり蜜の入っていそうなピクチの巣であった。

「おお、すごい！」

カポとノケがほとんど同時に、のけぞるようにしてそう言った。ピクチの蜜なんてたいへんなごちそうだった。

「ターラに教えたのか？」

「いまいったんひる寝の木の家に寄ってきたからな。あっという間にターラにひとかじり取られてしまったよ」

見ると、ひとかじりどころか大口をあけて十回ぐらいかじり取ったような跡がある。

「しかし、こんなにでっかいのを取ってきて、よくそのくらいの腫れですんだものだなあ。ピクチはえらく執念深いはずなんだがな」

カポが言った。

「きっとやつらが餌の花吸いに出かけていて、一番数の少ない時だったのだろうと思うよ」

ネギーが嬉しそうな顔のままそう言った。その時、山の方から何かごうごうと波のような音が聞こえてきた。

はてなんの音だろう、と三人でそっちの方を見あげているうちにカポが叫んだ。

「あぶない！　みんな海の中に逃げろ！」

そう叫びながらノケとネギーの背中をこぶしで叩いた。

よく訳がわからず、ノケとネギーもカポのあとに続いて海の中に駆けだした。

ごわーん　ごわーんと、その背後に山の大波のような音が迫っていた。

うなる音の正体がピクチの大群らしい、ということを、ノケは海の中に飛び込んだ瞬間に理解した。激しい泡のわきたつ水中を、カポを先頭にしてネギーとノケがそのうしろにくっついていく。

十五メートルほど沖に進んだあたりで、三人はほぼ同時に浮上した。

海岸のさっき三人のいたあたりに、煙のようなものが渦まいているのが見える。

「危ないところだった」

カポが長い髪の毛をかきあげながら言った。

「こんなところまで追いかけてくるなんて……」

ネギーがでっかい目玉をぐるぐる動かしている。

フカバチは太くて長い尾の先端から海潜(もぐ)りの時に使うキに似た赤い毒針をいつものぞ

かせていて、見るからに獰猛そうだった。群棲しているから、ひとつの巣が見つかると、その周囲に五つも六つも巣が集まっていることが多いので、蜂蜜獲りは巣をひとつ見つけると半年間分の収入を得る、と言われている。ただし、それを獲るのは命がけだ。ネギーが見つけてすぐに巣をひとつだけ持ってくることができたのは、まったくの幸運だったのだろう。

「あっ、まずい、みんなまた潜れ！」

カポが叫んだ。

海岸に煙のように渦まいていたものが細長く伸び、その先端が素早く海面低くたなびいて、かなりのスピードでこっちへ向かってくる。ノケもネギーも慌ててまた海の中に潜りこんだ。カポはさらに沖へ進んでいく。ノケもネギーもそのあとに続く。

今度は一気に二十メートルほども進んで浮上した。水面で頭をめぐらせ、すぐにピクチを探す。

いた！　さっき三人が浮上していたあたりを中心に、小さな竜巻のような煙の渦をつくっている。

「どうしておれたちがわかるのだろう」

ネギーが荒い息を吐きながら言った。

「声なのかな？」

ノケが片手で自分の口を覆（おお）うようにして言った。

「いや違う。ピクチはたぶん匂いを見つけるんだ」

カポがすっかり言い終わらないうちに小さな竜巻状のものが、またもや三人のいるところをめざして動きだしていた。

「なんてことだ」

ネギーがうめいた時には、カポもノケも水の中だった。慌ててネギーが潜っていくと、カポが水の中で両手を激しく動かし、しきりに何か伝えようとしていた。ノケをつかまえ、右手の人さし指を伸ばして水中の一方をしきりに指し示している。続いてネギーには別の方向を。それから自分の顔を指さし、二人とはまた別の方向に手を伸ばした。

（三人とも別の方向へ！）

と言っているのだ、ということをノケとネギーはほぼ同時に理解した。

水面下二メートルぐらいのところをノケは進んだ。息がもう続かない、というところで浮上し、急いであたりを見回した。二十メートルほど離れたところで、すでにネギーが水面に顔を出し、それから少したってカポがノケとネギーとまったく別の場所に静かに浮かんだ。

ピクチはまさしく、さっき三人が浮上していたあたりに飛びかかっていた。

カポが黙って手を振り、また潜れ、という合図をした。ノケは理解し、カポとネギーとどんどん離れていく方向へまた進んだ。次に浮上した時はカポもネギーの姿も見えなかったが、油断せずにすぐに潜り、同じように彼らから離れていく方向へ進んだ。

このようにして、ノケはそれから数十回の息つぎをして、さっきの海岸から離れていった。

どうやらカポの作戦はうまくいったようだった。ずーっと全速力で潜水を続けていたので、相当に息が苦しくなっていた。もうまったくあたりにカポやネギーの姿はおろか、ピクチの黒い煙も見えなくなっているのを確かめて、水面にあおむけになり、新鮮な空気を沢山吸い、そして吐いた。

それから慎重にあたりの様子を窺い（うかがい）ながら波打ちぎわに近づき、おそるおそる浜にあがった。

ノケがひる寝の木の家に戻ったのは、それから小一時間ほどたってからだった。

広い砂浜から小さなおもちゃの岬のように出っぱっているカモの木のひとむらがあって、そこを回りこむと、ひる寝の木の家のある林が見える。いまではすっかり懐かしいわが家に帰り着く心境だった。

その時、ノケは「はっ」とした。ピクチの大群が、いまやひる寝の木の家を襲っている真っ最中！　のように思えたのだ。

その驚きは一瞬のことで、ノケがピクチの大群と間違えたのは本物の煙であった。

（そうだ、ターラはどうしただろうか！）

ノケは自分が逃げるのに必死で、ターラのことをまったく考えていなかったことに気づいた。

ネギーの話では、ピクチの巣を獲ってから、まず最初にターラのところに寄ってきた、と言っていた。あの大群がいちどきにターラを襲ったとしたら……。

ノケは跳びあがった。

そのまま一目散にひる寝の木の家に向かって走った。さっきピクチの大群と間違えた焚火の煙が、そのあたりに濃厚に漂っている。

「ターラ！　どうした！　大丈夫かあ」

走りながらノケは叫んだ。

ばたばたばた、と何かが林の中から飛び出してきた。ぽうぽうだった。

「ぽうぽう、ターラは大丈夫かあ！」

「かあかあかあ」

と、ぽうぽうが鳴いた。鳴きながらノケと一緒に走っている。

ひる寝の木の下の焚火の前にターラが座っていた。

「大丈夫かあ」

「かあかあかあ」

ぽうぽうがまたうるさく鳴く。

「うるさい、ぽうぽう！」

ターラはぐったりした顔をしていた。でも見たところ、どこもピクチに やられた跡はないようだ。

「よかったターラ、大丈夫か、ピクチにやられなかったか？」

「大丈夫だったよ。ターラは火のついた木を振り回して、やつらと闘ったらしい」

ふいにネギーがノケのうしろから言った。ネギーの方がひと足早く帰ってきていたようだった。

「そうか。火のついた木を……」

ターラがなさけない顔をしてノケを見上げた。

「ノケ、それで謝らなくてはならないことをしちまったんだ」

ターラが唇をかみしめる。

「どうしたんだ一体？」

「ノケ、ごめん。ターラはまずいことをしてしまったんだよ。無我夢中だったので……」

「どうした？　何があったんだ？」

ターラが黙ってその少し先にある草のない地面を指さした。

そこには、あのノケが火をつくったガラス球の破片らしきものが散らばっていた。

「ノケのあのガラス球のやぐらを壊してしまったんだ。やつらがわあっとやってきて、逃げ回っているうちにぶつかってしまって……」

やっとノケにも事情がのみこめた。ガラス球が割れてしまったのは残念だったが、でもあの大群に襲われたのだったら、それも仕方のないことだ、と思った。いまはガラス球よりもターラの無事の方が大事だ。そのことをターラに言った。

「ノケ。それからあのやぐらを組んだ木も燃えてしまったよ。でもあの木があったおかげで、やつらと闘うことができたんだ！」

「ターラはよくやったよ。何も心配することはないよ」

ノケは心からそう言った。

第六章

びっくりぽうぽう

カポのカヌーの修理が進んでいた。四人とぽうぽうの日課は、このカヌーの修理のために明確に役割分担され、ますます効率的になっていった。

すなわち、カポとノケは朝起きると、早起きのターラが用意してくれたモクモクや貝のスープなどの朝食を素早くとってカヌーの修理場に向かう。ネギーは火と水の係で、ターラの次になつくようになったぽうぽうを連れて朝の水汲みに行く。それからガラス球レンズが壊れてしまったので、絶対に絶やしてはならない焚火のための薪づくりに精をだす。

朝食がすむとターラは海に潜り、魚や貝を獲った。漁を終えて戻ってくると、魚や貝を焼いてその日の昼食をつくる。

カポとノケは、修理場へ向かう時に、その日の潮の流れや風向きを見て海岸を注意深く歩く。新しい漂着物を探すためだ。

ネギーの見つけてきたメグメグの樹液に、大きくて固いメグメグの種子の胚を斧の背で砕いたものを、捕獲した海亀の脂で溶いて丁寧にこねあわせると、どろりと粘ついてなかなかに効力のある塗装剤になった。

カポとノケはこれを使って、カヌーの外側のいくつもの隙間や亀裂をふさいでいった。激しい嵐の波濤の連続であちこちゆるんでしまった船体の要所要所を、だいぶ以前にやはり海べりで拾った針金のかたまりをほぐしたものでがっちりと締めつけた。

昼頃には、昼食を持ってターラとネギーとぽうぽうが〝造船所〟にやってきた。ターラはマーボの樹皮を使って自分用の新しい胸あてと腰布を作った。樹の繊維をそのまま使っているので、はじめはいかにもごわごわと肌に固く痛そうに見えたが、ターラは毎日ひっきりなしに海に潜っているので、そうすると固い繊維も体になじんできて強度も増したようだった。なかなか具合がよさそうだというので、ネギーもそれで下帯を作ってもらい、いまはそれを使っている。そこで、カポとノケも新しくターラに作ってもらうことにした。

何もない淋しい小さな無人島と思ったけれど、そのようにして腰を落ちつけてみると、なかなかの住み心地だった。

しかし、その日四人そろった昼食の時に、ネギーが少々気になる話をした。

水が涸れてきている——というのである。

ひる寝の木の家から水の湧き出ている川の口（と皆は呼んでいた）まで歩いて十分ほどかかる。いつの間にかそこで水を汲んでくるのはネギーの仕事になっていたので、他の三人は水のことについてはまったく何も考えずにいたのだ。

「大丈夫。まだ湧いてはきているよ。だけどみんなで見つけた時よりとても細くなっているのはたしかなんだ」

ネギーはなんだか申し訳なさそうな口ぶりでそう言った。

「あの時の半分ぐらいか？」

カポが聞いた。

「いや、もっとだ」

「じゃ、その半分？」

「いや、もっとだ」

「ひゃあ……」

それを聞いてターラがなさけない声を出した。

「この二、三日で急に少なくなってきたんだよ。もしかしたら、川の口の上が何かでふさがれてしまったのかな、と思って今日少し上まで行ってきたけれど……」

三人が黙って聞いていた。

「行ってきたらどうしたの？」

と、ターラ。

「何もなかった。川の口の上はやっぱり繁みが続いているだけだった。川はやっぱりあそこから始まっているんだ。だから本当に小さな川だよ」

「それはつまり川ではなくて湧き水なんだよ。山の地面の中から出てくる水だ」

ノケが昔、鹿児島の山で見た沢の源流のことを思いだしながら説明した。

「こういう島の水は雨からできている。雨がずっと降っていないから川の水ができなくなる」

カポが言った。

「フンデロッテ村の川も雨からできているとタルデワカシが言ったよ。だけどあの川は何日も雨が降らなくても流れてくるよ」

ターラがやや不満気に、ネギーのように口を丸くとがらせるようにしてそう言った。

「フンデロッテにはケンペラ・ケネという、この島よりずっとずっと大きな山があるからな。だからきっと雨をためる量が違うんだ」

カポが考えながら言う。

「そうなんだ。そういうことなんだ」

ノケが頷(うなず)く。

「なんだえらそうに。カポもノケもヌフア（島の神様）みたいだぞ」

　ターラがさらに口をとがらせる。

「怒ったってしょうがないだろう」

　カポがターラをにらみつけた。

「でもまだ水は流れているよ。ハハハ。大丈夫。流れているよ。ハハハハ」

　自分が言ったことで喧嘩になってしまってはまずいと思ったのか、ネギーが慌てて無理に笑いながら言った。

「ハハハハ」

　ぽうぽうがネギーの隣で小さな羽根をふるわせ、ネギーの真似(まね)をした。

「ハハハハ」

　カポとノケとターラもつられて笑い、それからみんなでほぼ同時に空を見上げた。なるほど考えてみると、四人が嵐に吹き飛ばされてこの島に上陸してから、ほとんど毎日晴天が続いている。少しだけ雨がぱらつくことはあったが、あのくらいで川をつくれるほどの水が山にたまるとはとても思えなかった。毎日晴れていたおかげでノケが火をつくったけれど、その厳しい代償が水の問題になるとは誰も想像すらしなかった。

　生きていく上でもっとも大事な水であるから、みんなで目下の状況をしっかり見ておこう、ということになり、その日のカヌーづくりの仕事が終わると、みんなで川の口まで行った。

ひる寝の木の家からのルートは、ターラとネギーが何度も往復してくれたおかげでかなりしっかりした踏み跡ができていた。ゆるやかな斜面をどんどん進んでいくのだが、なるほど最初にこれを見つけた時にあった細い川の流れは、もうすっかり干上がっていた。この川を見つけた同じ日に海岸べりで、昔、川だったと思える小さな細い窪(くぼ)みを見つけたのをノケは思いだしていた。自分たちの川も結局はあれと同じ運命なのだろう。

川の口の下に近づいていくにしたがって、なんだか急にぽうぽうが落ち着かなくなってきた。歩いていく四人を通りこしてバタバタと繁みの向こうまで走っていったかと思うと、何かに驚いたように一目散に突っ走って戻ってくる。そうしてターラやネギーの周りをまるで「タイヘンダ、タイヘンダ！」と斥候(せっこう)が報告でもするような感じで、やっぱりバタバタと走り回る。

「なんだろう？　ぽうぽうが妙に興奮しているみたいだ」

ネギーが笑いながら言う。

「この先に何かいるみたいな感じだな」

カポが注意深く、進んでいく先の様子をうかがっていたが、詳しいことはわからなかった。

ネギーが思わぬところでカペカペ（シナノ酔果＝宿り木）を見つけた。種だらけの酸(す)

っぱい実だが、しばらく口に含んでいると甘く香ばしい味が喉にしみてくるお菓子のような実だ。まったくネギーの目は、森や草むらの中の何か変わった獲物を一瞬のうちに見つけてしまう凄い力を持っていた。

カペカペをかじりながら、さらに進んでいくと、ついにぽうぽうが四人の周りをぐるぐる回り始めた。あきらかに何かに興奮している感じだった。

やがて川の口のあたりが見通せるところに出た。同時に四人は立ち止まった。なんということだ。そこにはぽうぽうが何十羽もいた。いや正確にいうと、ぽうぽうではなくて、ぽうぽうの仲間なのだろうが、どう見てもみんなぽうぽうと同じだ。それが一斉に、カポたち四人を見つめている。いや正確には、カポたち四人と一羽のぽうぽうを——である。

「ひゃあ驚いた。この島にこんなにぽうぽうがいたなんて……」

ターラが精いっぱいおさえた声で、けれどつくづく本当に驚いた声を出した。

「いままでどこにいたのだろう？」

ネギーも目を丸くしている。

沢山のぽうぽうは、どうやらみんなで水を飲んでいたようだ。ざっと数えて五十羽ぐらいはいる。全部、ぽうぽうと同じぐらいの大きさで、同じ顔と同じ目をしている。同じ動きをする習性があるらしく、やがて全部が首をいくらかかしげた。それが合図でもあったかのように、わが〝仲間〟のぽうぽうがいきなり走り出し、あっという間にかれの仲間の中に飛び込んだ。五十羽のぽうぽうは走りこんできたぽうぽうのためにざわざわと動きだし、一斉に右や左を向き、やがてまたさっきと同じように全部が同じように小首を少しかしげて静止した。あっという間に我々の仲間のぽうぽうが、その五十羽のうちのどれなのかまるっきり見当がつかなくなった。

「ひゃあ……」

ターラがおかしな声を出した。

「ありゃあ……」

ネギーもつられて同じような声を出す。

「いままで山の奥の方にいて、あまり海岸に出てこなかったのだろうな。それで気がつかなかったんだ」

ぽうぽうたちをあまり刺激しないように、ということなのか、カポがささやくような声で言った。

「おとなしい鳥なんだね……」

ターラがやっぱりささやくようにして言う。

「山の奥にすっかり水がなくなって、それでこの川の口まで出てきたのかもしれない……」

四人はぽうぽうたちをこれ以上驚かせたくなかったので、そこに立ち止まり、しばらく様子を見ることにした。

もともとヒトをあまり知らないはずである。四人がそうやって一個所に止まってじっとしているので、すっかり安心したのか、あるいは興味をなくしたのか、くるくるくるくると、喉の奥をころがすような声を出しながら、川の口の水のたまったあたりを丸く歩き始めた。どうやら、いましがたまでそうやって水を飲んでいたところらしい。四人はなおもじっとしていると、やがて音や動きとも違う何か特別な合図の取り決めでもあったような唐突(とうとつ)さで、それまでの動きを止めると、いきなり一斉に林の奥に走っていき、たちまちその向こうに消えてしまった。すっかり我々の仲間になりきっている、と思っていたあのぽうぽうも一緒に消えてしまった。

川の口の水は、あきらかに急速に減少していた。四人は木立の向こうにひろがる澄み切った青い空を眺め、それぞれの方法でひそかに舌うちをした。

とりわけターラは、去っていってしまったぽうぽうのこともあるらしく、なんだかその落胆の度合が激しかった。

「仕方がない。こうなったら一日でも早くまた海に出て、新しい島を探しに行こう」

カポが気落ちしている三人を励ますように、いつもの力強く明るい声を出した。

「これもきっとフンデロッテのヌフアが与えてくだすった決断のきっかけなんだよ」

「よおし、そうしよう……」

ネギーが言葉のわりにはあまり元気とも言えぬ声の調子でそう言った。かれもまた、せっかくなついたばかりのぽうぽうとの突然の別れが少々こたえたようだった。

川の口の周りは沢山のぽうぽうたちによってだいぶ汚されていたが、まだわずかに流れ落ちている水を持参の巻き貝の水筒に入れ、四人は間もなく自分たちの寝ぐらに戻った。

「食料はそのつど海から獲るとして、問題はやはり水だなあ。そいつをどのようにしてカヌーに積んでいくかだな」

ノケがつぶやくようにして言った。フンデロッテ村から旅立つ時は、村に豊富にあるマンブケーを水筒代わりにしたが、今度はいったい何にするか。ノケは早くもそのことを心配しているのだった。

「やっぱり小さくてもいいから帆がほしい。ターラ、マーボの樹皮でカヌーの帆が織れないだろうか？」

カポはやっぱりそっちの方のことが頭から離れないようだった。

「できるよ。もうコツはわかったからね。ネギーが手伝ってくれたら、二日か三日でうけおえるよ」

　ネギーが目玉をぎらんと動かし、うんうんと何度も頷いた。たちまち役割は決まった。カポは海べりに行って、いよいよカヌーの出航準備にとりかかることにした。タ―ラとネギーは新しいマーボの樹を探しに山の中に入った。

　まだ具体的な方法が見つからず、どこへ行ってどうしていいのかわからないのはノケだけだった。

（うーむ。どうしたものか……）

　沢山の水をためておくものは、この島に漂着した当初からとくにほしいもののひとつで、それをいまだにまだずっと探している――のでもある。だからこれは当然ながら難しい問題だった。

　いまとりあえず使っている巻き貝を水筒代わりにする方法は、あまりにも心細かった。巻き貝ひとつひとつに何かで固い栓をする、ということも工夫すればできるだろうけれど、それはいかにも効率が悪そうだった。巻き貝はそれそのものが重いから、たとえば四人の半月分の水を蓄えて持っていく、としたら相当な重さになって、カヌーに負担がかかりすぎる。それでなくてもカヌーは急場しのぎの穴あき舟でもあるのだ。

（何かいい方法はないものだろうか……）

　唸るようにしてノケは海べりを歩いた。何か困った時は、いつも海べりの漂着物がノケを助けてくれた。

果てしなく青い海は、その日もおだやかだった。海がおだやかな日は漂着物は少ない。考えこみながらしばらく歩いていると、リーフの内側の海に黒い背びれがゆっくり動いているのが見えた。ああいう動き方をするのはギル（サメ）である。リーフの内側でギルを見るのは珍しかった。背びれの大きさからいって、ヒギル（わらいブカ）か、へギル（どちざめ＝ねむりブカ）である。どっちも小型でヒトに嚙みつく、というようなことはなかった。

久しぶりにギルの肉を食うのも悪くないな、と思った。この種類のギルは動きが遅いので、うしろからいって尾をつかまえれば、けっこう簡単にしとめることができる。しかし、それでも一人では無理だった。

ノケは用心深くギルのゆったり泳いでいるところへ近づいていった。キ（槍）があれば、一人でもなんとかできるかもしれない。

しかし、どっちにしても仲間もキもない今は、つかまえるのは無理なようだ。

その時、ノケの頭の中にとてつもなく素晴らしいアイデアが浮かんだ。それはギルをつかまえる方法ではなくて、ギルそのものの利用の方法である。

（うひゃあ！）

とノケは頭の中で小さく叫んだ。それからにわかに興奮して少し荒い息になった。

そいつをつかまえるために誰かの手助けがあるといいのだが、しかし仲間を呼びに行っている間に、どこかへ去られてしまったら元も子もない。

何かいい方法はないだろうか――。あせる気持でノケはあたりを見回した。しかし、さっきから漂着物を探していたので、そのあたりにめぼしいものは何もない、ということはわかっている。

（どうしたものか……）

ノケは必死に思いをめぐらせた。考えれば何かいい方法が見つかるはずだ。カポのカヌーで旅に出てから、そういう工夫の連続だった。

（そうだ！）

今度もようやくひとつの作戦を思いついた。ギルはたいてい、どんな種類のものでも、水面できらきら光るものが好きだ、と聞いていた。

何か自分の身の回りで、きらきら光っているものはないだろうか。

しかし、もともと裸足（はだし）だし、下帯ひとつしかつけていない。少し迷ったが、試してみる価値はありそうだった。

ノケはターラがマーボの樹皮で作ってくれた下帯をぬぐと、歯を使ってその一端を細く切り裂いた。その紐（ひも）を足にくくりつけ、水の中に入っていった。

背びれを見せてゆっくり旋回するように泳いでいたのは、へギルのようだった。

（よおし……）

ノケは用心深く、そのすぐ近くまで泳いでいった。片方の足首に下帯をしばりつけている。できるだけそいつが水面近くを漂うようにして、さらにゆっくりヘギルの方に接近していった。

水の中でザバリという音がして、近づいていくノケの方にヘギルが頭を向けたのがわかった。

ノケは素早く両足をかいて、引きずっている下帯がヘギルの顔近くに行くようにしむけた。うまい具合にヘギルが気づいたようであった。あとはそれにずっと関心を持ってくれるよう祈るだけだ。

できるだけ思わせぶりに、ヘギルの頭のすぐそばでひと回りした。ヘギルがゆったり尾を振って、ノケの足先でひらひら踊る下帯のあとについてくるのがわかった。

（よおし、いいぞ。そのまま、そのまま……）

ノケは全身で緊張しながら、少しずつ移動を開始した。あまり早く動いて鼻づらから遠のき、興味を失わせてしまっては失敗だ。

ゆっくりゆっくり、ヘギルとの等間隔を保ちながらリーフを横に移動した。

ヘギルはついてくる。

（よおし、いいぞいいぞ）

ノケのとっさの引きずり出し作戦は成功した。半時間ほどそのようにして、ヘギルを移動させた。

やがて岸辺にカヌーが見えてきた。そのそばで熱心に働いているカポの姿が見える。ノケは少しスピードをあげた。もうここまできたら、ヘギルが興味をなくしてあとについてくるのをやめてしまっても大丈夫だ。

ノケが泳ぐスピードを速めても、ヘギルはそのあとについてきた。もうカポのいる海べりに二十メートルほどのところに迫っていた。

ノケの水を切る音に気づいたらしく、カポが立ちあがって自分の方を見ているのがわかった。びっくりしている様子だった。カポはノケがギルに追われているものと思ったようだ。すぐに走り出そうとしているのがわかった。

ノケは水面から両手をあげて、それを素早く左右に振った。海の漁の時に使うかれらの共通の合図（大丈夫、なんでもない）というサインだ。

それから両手を交叉（こうさ）させ（これをしとめたい）という合図に変えた。素早くカポはそのことに気づいたようだった。

ノケとカポが協力してつかまえたヘギルは、大柄なカポと同じくらいの大きさだった。

ノケはカポに、そのヘギルで大きな水袋を作りたいと思っている、と話した。もちろんそれは、次の航海に使うためだ。フンデロッテ村ではギルの皮はいろいろなものに利用されている。ただし、そのギルの皮をはいだり、つなぎ合わせたりするのは村のおばあさんたちの仕事で、カポもターラも、その作り方をよく知らなかった。

そこで少々乱暴なやり方だったが、ヘギルの首を切り落とし、手斧とガラスのかけらで中の骨や肉を慎重にえぐり出し、四人でなんとか力を合わせて、その皮の筒をそっくりひっくりかえした。すなわち、ヘギルの外側の皮を内側にしたのだ。海水で裏表をよく洗い、陽の下で乾かした。そしてヘギルの肉は四人の数日間の食料になった。

カポのカヌーの修理はすっかり終わり、あとはターラとネギーが織っているマーボ樹皮の帆がすっかりできあがり、そしてヘギルの水袋が完成するのを待つだけとなった。

ヘギルの皮は三日ほど干すと、すっかり固く頑丈になった。海水を入れて試してみたのだが、どこからも水漏れはしない。あとは開口部をどのように閉じ、そして必要な時に必要な分だけを、どのように出せるようにするか——という問題が残った。それらについては、ネギーが面白いことを考えた。ネギーは毎日、川の口の水汲みに行っていた。だが、その水を入れる容器の巻き貝の中に、先端の部分が欠けて水漏れしてしまうものがある。それをヘギルの水袋の開口部に、なんとかくっつければいいのではないか、というのである。ヘギルと貝をどうくっつけるか、見当がつかなかったが、ノケはとにかくそれを持ってきてほしい、とネギーに頼んだ。

ネギーの持ってきた巻き貝は、フンデロッテ村ではグアッパ（花咲貝）と呼んでいるもので、上部が爆裂草の花のように大きく、いくつものひだひだをひろげている。このひろがった貝のへりにヘギルの上端部の開いたところをくるみ、マーボ樹皮の紐でぐるぐる巻いてとめてみると、完全とは言えないにしても、とりあえずの役には立ちそうだった。

「よおし、これでやってみよう」

ノケがようやく明るい顔になった。

マーボ樹皮で織った帆も、いい具合にとりつけられた。

ターラはその日の夜、ひる寝の木の家のそばで、干し肉にしたヘギルを、航海に持っていく非常用食料のために、細長く切って、いくつもの束にしていた。ヘギルの肉の一部は、あれ以来ずっと絶やさずに燃えている焚火の煙で燻製(くんせい)にした。そのやり方をみんなに伝えたのは、やはりノケであった。ノケの知識と工作の腕が素晴らしい、とターラは何度も感心した。

「さてこれで思いがけなくも、またおれたちは海に出ていくことができることになった。フンデロッテ村を出ていく時と比べると、道具も食べ物の蓄えも不充分だけれど、でもまあ気持はあの時よりももっと元気だよなあ」

カポが三人を前に言った。

「いつ出発するの？」

タ－ラが聞く。

「いつでもいいのさ。海はこのところずっとおだやかだし、すべての準備は整ったしな」

「じゃあ、明日にしよう。もうこうなったら少しでも早いほうがいいじゃないか！」

タ－ラがぎらんと目を光らせる。

「明日か。明日でもいいぞ」

「だけど……」

ネギーが空を見上げながら言った。

「なんだ、ネギー？」

「どこへ、どこへ向かっていくんだ!?」

カポが空を見上げた。

つられてタ－ラとノケが同じようにカポの見上げているあたりを眺めた。一番遅れてネギーが上を向く。

濃くて深くて蒼(あお)い空がひろがっていた。この海域は、まったくもって極端に雨が少ないようだった。

「まずもう少しでっかい島をめざそう」

「どこにそれがある？」

ネギーが目玉をぎょろつかせ、もうだいぶ長くなった髭がぐるりと囲んだ口を丸くとがらせる。

「わからないが、とにかく外に出ていかなければ、どこにも着かないだろう？」

「なによネギー。急に船出するのが怖くなったんじゃないだろうね？」

ターラがつっかかるようにして言った。

「何を言っている。怖くなんてあるものか。おれはただ、海の地図もないのに、いったい何を頼りに、どっちへ船先を向けるつもりなのか、それを聞いているだけだ」

フンデロッテ村を出る時にタルデワカシに熱心に聞いて海の地図を作ったネギーだったから、はっきりした行き先も決まっていないのに、やみくもに出ていこうとしているのが気に入らないようだった。三人のやりとりを黙って聞いていたノケが口をひらいた。

「ネギーの言っていることもたしかだ。少しそのことを考えよう。どっちへ向かうか見当がつかないまま出ていって、海の上でそんなことをめぐって喧嘩になるのはいやだからな」

「星を見て決めよう。フンデロッテ村のヌフアが、いままでやってきた方法だ」

カポが言った。カポが空を見上げたのはそのためだったのか、とノケは少し納得した。ただし、いまはまだ昼間で星はひとつも出ていない。

「マキアク（星方向占い）を知っているの？」

ターラが聞いた。

カポが首を横に振る。

「じゃあ、どうするの？」

「おれたちが、おれたちのマキアクをやろう。新しいカヌーを船出させる時の〝方向えらび〟もヌファの役目だからな」

「そんなことをしていいの？」

「むかしのヌファたちも、最初は自分たちでそれを決めたんだ。おれたちは、いまはこの島のヌファだ」

「四人のヌファか」

ネギーが少し考えこむようにして言った。自分たちがこの島の神様なんて、それをまともに考えるとおかしくなって、四人はそのあと同時に少し笑った。

「海に出て喧嘩をしないためには、それがいい方法かもしれない」

ノケが頷く。

「わたしたちがヌファになって、新しいカヌーの船出を決めるとしたら、この島の名前を決めなければならないでしょう。ヌファの祈りの時は、必ず島の名を何度も言うものね」

ターラが心配気に言う。

考えてみると、まだ自分たちはこの島の名がなんというのか知らなかったし、名づけもしなかった。そのことについては、誰も何も話さなかったのだ。ノケはそれに気づき、やっぱり自分たちは随分のんびりしていると思った。少なくとも二カ月ほどこの島にいたのだから、愛着をもって何か名をつけてもよかったのだ。

「出発する時になって名前を考えるなんてヘンだなあ」

ネギーが少し笑っている。

「でも島の名前を言わないと、ヌフアの祈りをしたってなんにも効き目はないよ。出発点がわからなくて、どうして行こうとする方向が決まるの？」

今日のケーラは随分言っていることがしっかりしているなあ、とノケはその意見を聞きながら考えていた。

「じゃあ、こうしよう。今夜、ケマの北印（北極星のこと）があの角度に上がった時、この島の真上にきた星の名がこの島の名、というのはどうだ」

カポが両手を腰にあてて、なんだか実に長老のような恰好をしながら、力のこもった声で言った。

はてさていままで、毎日夜になると星の空を眺めていたものだが、たいして何も考えずに見ていたので、真夜中にこの島の真上にくる輝座（星座のこと）がいったい何であったのか、ノケはまるで記憶になかった。

その日の夜、ケマの北印がカポの指さした中天にかかる頃、島の真上にはフンデロッテ村から見ると西の海面間近によく見える〝火吹き鳥〟と戦う〝あるき魚〟の輝座があった。火吹き鳥は海面から少し上に翼(つばさ)をひろげて空に向かっており、あるき魚は火吹き鳥を追って、海から中天に駆けのぼる形になっている。

「ズンガ(あるき魚)が真上にある。だからこの島は、ずんが島だ」

ネギーが奇妙に、おごそかな声でそう言うので、他の三人は思わずくすくす笑ってしまった。

「そうか。ここはずんが島だったのだ」

カポが確認するようにして言う。

「おい。思いださないか。おれたちが出発する前にタルデワカシが言っていたことを……。あっちの海域にいくと食える木があったり、歩く魚がいると、たしかタルデワカシが言っていたことを……」

ネギーが急に声をはりあげる。

「そう。そんなことを言っていたよ」

ターラが手を叩く。

「じゃあもしかすると、やっぱりここがタルデワカシの言っていた目的の島だったのだろうか？」

「とはいっても、ずんがなんて、まだ一度も見ていないぞ」

「あのぼうぼうが火を吹く鳥なんていうことがあるかな……」

ターラが再び笑いながら言う。

なんだかみんな、また奇妙な元気が出てきた。

「ようし、これでとにかくこの島の名前は決まった。ずんが島からおれたちはどっちの方向へ向かっていったらいいのか？　それはどう決めたらいいのか、さあヌフアの先輩兄さん、何か教えてくれよ」

ネギーがカポを見ながら、やっぱり笑いながら言う。

「正確な祈りの順番がわからないよ。まずはとにかく火をおこして、その周りで踊るのだったな」

「そうだそうだ。そこでみんなの歌うのはタケタケだ。何か打ちものがいるぞ」

ネギーが急に忙しくなってきた。

「ばあさんたちが地面を叩いていたのはマンブケーの先を割ったやつだ」

「この島にはマンブケーがないから、ギルの骨で叩いたらどうだろうか」

「音が全然違うぞ」

「でもしょうがない。マンブケーがないのだから、この島の本当のヌフアもきっと許してくれるよ」

「よおし」

四人は立ちあがり、ノケとカポのつかまえたヘギルの太い骨を持って地面を叩き、そこらを回り始めた。みんな子供の頃からマキアクは何度となく見ていたので、その真似はできた。マキアクの本来の祈りにはなっていないが、形はなかなか立派なもので、四人はなんだかとても楽しい気分になっていた。

ひと通りそれが終わると、マンブケーの代わりのヘギルをサンゴのかけらの重いかたまりでこまかく叩いた。それを囲んで、四人でお祈りをする。本当のマキアクでは、ヌフアが随分長いこと何ごとか口の中でつぶやいて祈るのだが、四人は何を言っていいかわからない。

「とりあえず、本当の気持を口にだして言うんだ」

カポがそう言った。

「何と言う？」

ネギーが聞く。

「我々にとって一番いい島に行く方向はどこですかーというようなことだ」

「よおし！」

みんなが口の中でごにょごにょ言いだした。

ヌフアのマキアクの真似事を、ネギーではなくてカポがやってみせている、というのがターラにはひどく興味があったようで、カポのもっともらしい祈願の動作をターラが一番熱心に真似をして後に続いた。

ヌフアはいま四人いるのだから、それぞれが行くべき方向の祈禱をする必要がある。行くべき方向を教えてもらうには「むどけまなぐらつら、まどけねらぐらつら、のけのけ」の儀式が必要だ、とカポは言った。フンデロッテ村のむかしの言葉なので、ノケにはほとんどその内容がわからなかったが、〈自然に動くものに心を集中して、ある一定の時間に、それがさし示す方向へ行け行け！〉といっているのだ、と教えてもらった。

「自然に動くものって何がある？」

ターラがあたりを見回しながら、つぶやくようにして言った。

「沢山あるさ。まず波がそうだろう」

ネギーがひどく真顔になって海を指さした。

「そうか。じゃあ風もそうだ」

ターラが目を輝かせる。

「魚が行く方向もそうかな？」

「魚はあっちこっち向いているぞ」

「ネギーが寝ぼけて、ねむりの枝木から落ちた時の頭の向きというのはどう？」

ターラがふざける。

「ヒパ（風花＝強い風が吹くと舞いあがり、くるくる回りながら遠くまで飛んでいく）はどうかな」

「やっぱりそれは風の向きということだ」

「そうだ、雲の行く方向もあるぞ」

「それも風と同じだろう」

みんなはいろいろなことを言った。よく考えると、結局、風の向きに関係するものが一番多かった。風の行く方向だと、カヌーに帆を立てて進むところと同じだから、それではどうも当たり前すぎる、ということになり、星でこの島の位置と名前を決めたのだから、次に行く方向も星に教えてもらおう、ということになった。

〝流れ星〟である。

流れ星は一晩のうちに沢山見る。あっちこっちの方向へ光って走るから、どの流れ星を見て決めたらいいのか、それがまたわからなくなった。

「それなら簡単だよ。ずんがの星がこの島の真上にきた時に一番早く流れた星だ」

ネギーが確信に満ちた声を出した。

「なるほど！」

「たしかにそうだ」

皆その考えに賛成した。ネギーもすでに立派なヌフアの風格を持ってきた。

そこでもう一晩、「ずんが島」にとどまることになった。ノケの火をまたおこし、その日獲(と)ってきた魚や貝を焼いて食べた。ネギーとターラは、その日と翌日の分がまた新たに必要だからといって、午後に水を汲みに行った。二人は水を汲みに行くのと同時に、もしかすると、またそこにきているかもしれないぼうぽうに会いに行ったのだ、ということは二人が黙っていてもカポとノケにはよくわかっていた。

――その日、ずんがの星が島の真上にきた時、最初に流れた星は、ひときわ大きく長く尾を引いたようだった。四人の住んでいた「ひる寝の木の家」とはちょうど反対側の海岸から、その先に向かって流れていった。

「よおし……」

四人はわずかな星あかりの中で顔を見合わせ、力をこめて頷いた。

昼の間、川の口へ行ったネギーとターラの話では、もう水はほとんど涸れて、わずかに雨粒ぐらいの水滴が落ちているだけだったという。ぽうぽうやその仲間たちの姿も見えず、また嵐がきて雨が降らない限り、あの水場はおしまいだろう、という話だった。

「水がなくなると、ぽうぽうたちはどうなるのかな？」

ターラが眠りにつく前に独り言のようにして言った。

「おれたちがこの島にやってくるずっと前から、かれらはここで暮らしていたんだ。あの水がなくなっても、かれらはきっと、もっとあちこちに水の出る場所を知っていると思うんだ。それからまたああいう鳥は水がまったくなくなっても、草を食べたりしてたくましく生きていくものだよ」

ノケがターラにそう言った。

四人はそれから黙りこみ、静かにそれぞれの眠りに入っていった。

翌日もまぶしいくらいによく晴れていた。潮の一番満ちている朝早く、まずカヌーを岸から海に運ばなくてはならない。四人ではとても持ち上がらないので、ターラが素早く海に潜り、丸いぬべし貝を沢山獲ってきて、それをカヌーの下に撒き、コロの代わりにした。新しい航海に持っていく荷物をすべて積みこみ、ターラとネギーの編んだマーボ樹皮の帆をあげた。風は向かい側から吹いていたが、ノムノ走り（ヨット航法でいうタッキング＝船首を風のくる方向へ回して進んでいく方法）でカポは巧みにリーフの内側を進み、外洋へひらいている珊瑚礁のわずかな開口部に向かった。おだやかな日ではあっても、外洋のうねりは高い。あの嵐の海以来、四人が久しぶりに体で味わう大海原の激しい上下左右の揺さぶりだった。

波のしぶきが舷側を乗り越えて全身にぶつかってくる。ノケは粗末な材料と間にあわせの工具で手がけた修復の個所が破れはしないかと、最初のうちは身の縮むような思いでそのあたりを見ていたが、どうやらすぐに危険な状態になる、ということはまぬがれたようだった。ただしかし、何個所か小さな隙間があって、そこから水が浸入しているようだったが、どっちみちたえず波しぶきが降りかかってくるし、沢山用意してある巻き貝のアカくみで、しょっ中たまった海水を排出しなければならないのは覚悟のうちだった。

カポはずんが島を大きく回りこむようにして帆を操作した。リーフから外に出て島を眺めると、そこを離れていくのがちょっとかなしくて心細いよ、とターラが言った。気の強いターラがそんな感傷めいたことを言うのが、ノケには少々意外だった。リーフの向こうに白い砂浜がひろがり、そこに二つの小さな頂きをもった低い山が見える。

「あっ見て。ねえ、みんな見てよ」

いきなりターラが叫んだ。

他の三人がターラの指さす白砂の浜を見る。

「ほら、見てよ」

ぽうぽうだった。正確には、ぽうぽうたち――である。浜にひとかたまりになった、ぽうぽうたちがカヌーの動いていく方向にとことこ走っている。

わざわざターラたちを見送りにきた、というほどの賢さがあるとは思えなかったが、しかし島の東をぐるりと回って、いよいよ新しい船旅に出ようという時に、たまたまかれらがあらわれた、と考えるのも、ちょっとできすぎた偶然のような気がした。

「ぽうぽうたちが見送りにきてくれたんだ」

大きく手を振り、ターラはぽうぽうの名を叫んだ。五十羽ほどの集団のどこにぽうぽうがいるのかわからなかったが、あの中にぽうぽうがいるのはきっとたしかなのだ、と考え、ノケも胸が少々熱くなる思いだった。

島を回りこむと、完全な追い風になった。補強を加えた帆柱が、ぱんぱんに張った帆の中の風をつかまえて、ぎしぎし軋(きし)んだ音をたてている。それでもがっしり踏ん張っているのがありがたかった。

ずんが島は見る見る遠ざかっていき、たちまちぽうぽうたちの姿を判別することはできなくなってしまった。カポの考えで船首につけ足した波切り板が、うまい具合にうねりと波を切り裂き、復活したカポのカヌーは、まるで海原の上を飛んでいく大きな鳥のように、びょうびょうとスピードをあげている。

「やっぱり海に出てよかったなあ」

ネギーが、目玉をぐりぐり動かしながら大きな声でカポに向かって叫んだ。帆をあやつる手製のブームをしっかり握ったカポが、あいている方の手をぐいと空中に突き出した。ターラもノケも強い陽ざしと跳ねとぶしぶきの中で、はじけるように笑っていた。

第七章

トケラの音

いい航海が続いていた。うねりと波はあるものの、海に生きるカポたちにとっては、その程度のうねりや波はいたって気持のいい、おだやかな海原だった。

ずんが島が遠く水平線の彼方に消え、とりあえず海上には島の影はひとつも見えなくなった。ざばりざばりと鋭く波を切っていくカヌーの舳先が、どこをめざしているのか、フンデロッテ村に近寄っていく方向なのか、あるいはさらに遠のいていく方向なのか、まるで見当がつかない、というのが、あまりにもこころもとない気がしたが、しかし、かえってそのほうが面白そうじゃないか——というターラの元気に、みんな大きく頷いた。

（そうだ！　おれたちの旅は、これからまた始まるのだ）と、ノケは改めてそう思った。

太陽が頭の上にべったり張りつくようにして、ぎらぎら輝いている。ターラがずんが島で愛用していたキキ（海槍）の代用品を握って海に飛び込んだ。カヌーは速いスピードで走っているので、マーボの樹皮で作ったマケネラの代用品を腰にくくりつけた。しかも、カポの命令で必ず片手でカヌーのアウトリガー（安定用の浮材）を握っていることを約束させられた。マーボの樹皮は強靭ではあったけれど、もし途中で切れてしまったら、なかなかカヌーを元に戻すことはできず、ターラを必ず救いあげられるかどうかは、カポの腕をもってしてもわからなかったからだ。

ノケが体を乗りだし、注意深くターラを見守っている。ターラはアウトリガーにしっかり片手でつかまって、カヌーに接近してくる大型の魚を狙っていた。

海を行く船には必ず何種類かの魚が集まってきて、船と同じスピードで泳ぐ癖（くせ）がある。その習性を利用して旅の間の食料はそっくり海から獲（と）ろう、と出航前から計画していたのだ。

ほどなくターラは中くらいのキノ（シイラの仲間）を見事に突いた。すぐにそいつをノケが受けとる。それ一匹で四人には充分の大きさだった。

ネギーがカポの斧（おの）を使ってキノを手早く切り裂く。もう焼いて食べるわけにはいかないが、それも覚悟のうえだった。ヘギルを袋にして保存している水は、まだたっぷりある。午後は交代で二人ずつ昼寝をすることにした。太陽が少しずつ西に傾き始めたので、帆の影が昼寝にちょうど具合がいい。

夕食の魚突きはカポがやった。ターラが自分がやりたい、と言ったが、カポは許さなかった。フンデロッテ村にいる時とは随分変わったなあ、とそのやりとりを見ながらノケは考えていた。もし村だったら、気の強いターラは、どんなことでも決してカポの言うことなどきかなかっただろう。しかし、この旅が始まって、ターラは男たちの言うことを素直にきくようになった。なんでなのだろう。船の旅がそうさせているのだろうか。あるいは海がそうさせるのか――。考えてみたが、よくわからなかった。

夜は交代で一人ずつブーム（帆の下辺を広げるための帆げた）を握った。星の位置と風の向きを常に知っておかないと、行くべき方向を失って同じ海域をぐるぐる回ってしまうだけ、という危険があるからだ。

とりあえずめざす星は、フンデロッテ村の長老たちが言うニキ・ノケノッケ（大くらげ座）の方向だった。振りかえるとズンガの星座がうしろの方に見える。あの星の下あたりにずんが島があるのだろうか……。ノケは真夜中の帆による舵とりをしながら考えていた。フンデロッテ村の人々の星座の解釈の仕方は、ギリシャや日本のそれとまったく違う。海の民らしく、その星座のほとんどは海の生物によってつくられているのだ。

自分たちのカヌーのめざす大くらげ座は、巨大なのが一匹と小さいのが二匹で組み立てられていた。それを前方に見上げながら、夜になっても変わらず一定方向に吹きつけてくる風をいっぱい帆にはらませて、ざばざば進んでいくのは気持がよかった。波と風の音の合間に、ぐっすり眠っている三人の寝息が時折、聞こえてくる。そうか、ヒトの、寝息が聞こえてくるくらい、今夜は本当に静かな航海なのだ、とノケは驚く。ニキ・ノケノッケが、その大きさの半分くらい海に落ちてきた頃に、ネギーと交代することになっていた。ネギーは夜明けまで帆舵をとり、そしてまた次の日が始まるのだ。

二日目もよく晴れたが、風は少し弱まってしまった。しかも時折、方向を変えて、海面すれすれにぐるんと回るような動きをする。波が昨日よりいくらか突き立ってきていた。ターラが昼の魚を獲り、そのあと沢山乗せてきたモクモクをかじった。

三日目も同じように進んだ。風は前の日よりさらに方向があいまいになり、カポは正しい方向にカヌーを向けるのに苦労するようになった。

けれどもそれは別段、大きな問題でもなかった。

太陽が落ちていく方向に、細長い雲が水平線にへばりつくようにしてぐるりと浮かんでいた。

太陽がそっちの方に傾いていくと、水面が息をのむくらい赤くぎらぎら光った。こういう日の夕方はテンポ・ギル（撞木鮫（しゅもくざめ）＝頭がT字形になっているサメ）が水面近くまで上がってくるから注意したほうがいい、とネギーが言った。テンポ・ギルは獰猛（どうもう）で、ヒトを襲うことがある。用心しながらカポが海に潜り、ケネコッケ（タチウオの一種）を突いてきた。

「テンポ・ギルはいなかったか？」

ネギーが聞いた。

「いや。見あたらなかったぞ。それよりも遠くにイネレ（ハナサキイルカ）を見たぞ」

と、顔をほころばせながら言った。

イネレは、大漁のしるしのイルカだ。テンポ・ギルを見るよりも百倍ぐらい気分のいい話だった。

ずんが島を出てから五日目の朝に、朝当直のネギーが遠くに島の影をひとつ発見した。そのネギーの大きな声で、みんなとび起きてしまった。

進んで行くべき方向の少し左の方によく目をこらせば、たしかに島らしいものが見える。もしかすると、そこだけ海にへばりつくようにして黒い雲が出ているのかもしれないぞ、とノケはひそかに用心して、少しそこから目をそらした。

島影を見たい見たい、と思っていると、水平線近くの雲をよく見誤ってしまうことがあるからだ。

再びさきほどの方向に目をこらすと、やっぱりその影はさっきと同じようにじっとしていた。

「本当に島の影か。雲ではないのか？」

ノケがネギーに聞いた。

「たしかに島だ。島の上に少しだけ雲がある」

四人の中で一番目のいいネギーだったが、なんとそこまで識別できるのか！　とノケは改めて感心した。ネギーがそこまで言うのだから、もう間違いないだろう。問題は、それがどんな島であるか、ということだった。

「わあ！」

ネギーがいきなりまた叫んだ。びっくりしてみんなネギーの顔を見る。

「すごいぞ、その先にまたもうひとつ別の島が見えてきた。今度のはさっきのよりもっと大きいようだぞ！」

どうしたらそんなに素晴らしく遠くまで見ることができるのだろう、と思えるようなとびぬけた目の力で、ネギーは新しい発見を大声で告げた。

カポもターラもノケも黙りこみ、少しでもそっちの方へ顔を突きださせようと船ばたから首を伸ばして、じっとネギーの指さす方向を見た。

涙が出てくるくらいじっと目をこらしていると、やがてノケにもうっすらと黒くてひらべったいものが見えてきた。

島の形がはっきり見えるまでにはそれから半日ほどもかかった。

近づくにつれて、そこからさらに向こうに遠く二つの島影が見え、そのあたりはいくつもの島が集まっている群島らしいとわかってきた。午後の陽光が傾きはじめ海面が光りだしている。カポは帆を巧みに操って、そちらの方向へずんずん近づいていく。果してあの島々に人が住んでいるのかどうか、とにかくそれが一番知りたいことだった。

カポたちのカヌーの、いまはもうだいぶあちこち風にちぎれて見すぼらしくなってしまったマーボ樹布製の帆の上すれすれに、ニキル（雨ツバメ）に似ているが、しかし全体がまっ黒で目の鋭い鳥がひょうと鋭く鳴いて飛んでいく。そいつは次々にあらわれ、風のように船ばたすれすれをかすめていく。まるでカポたちの到来を威嚇しているようだ。四人はしだいに緊張してきた。海面では何か種類はわからないけれど、大型の威勢のいい魚が突然ザバリと跳ねあがったりしている。

ネギーがいち早く見つけた一番手前の島は、ずんが島とは比べものにならないくらいの大きさで、中央に聳える山はフンデロッテ村でよく食べていたキネケネ（巻き貝の一種）を逆さに立てたような形だ。先端が鋭くとがっていて、その上端には雲がかかっている。そういう高い山をいただく島だからなのか、接近していくにつれて海面近くを脈打つようにして吹き渡っていく跳び風がでてきた。潮流が逆になると激しい三角波がでてきて操船がやりにくくなる。

「ネギー、どこか風よけになる岬はないか」

カポが帆を操る手を休めずに大声で言った。

「ここからは崖ばかりだ。もう少し右手寄りに回れないか」

「やってみよう」

カポがそう答えたのとほぼ同時にネギーが、

「おおっ」

と、低く叫んだ。

「何？」

ターラがネギーの見ている島の端を見る。

「船だ！」

ネギーがさっきよりもいくらか声を抑えるようにして言った。

「なんだって？」

ノケが身を乗りだす。

「ほら、あの島の一番太陽側の端に黒いものが見えるだろう。あれは船だぞ！」

「やった！」

ターラが叫ぶ。

しかしカポもネギーも、それ以上は何も言わなかった。カポは黙ってその黒くポツンと見える船らしきものに向かって帆を操り、ネギーはさらに神経を集中させて、その方向を凝視している。

（あ、そうなのか！）

その時、ノケはようやく気がついた。久しぶりに見るずんが島よりもはるかに大きな島で、しかもそこはどうやら有人島らしい、とわかって、本来ならばとにかく嬉しいはずだった。でも、カポもネギーも、そのことをあまり手ばなしで喜んでいるふうには見えない。

不思議に思っていたのだが、ノケにも急にその理由がわかった。

――どんな人間がそこに住んでいるかわからないからだ。

いまだに自分たちがどのへんの海域にいるのかまるでわかっていないのだから、その島がどんな国で、どのような部族が住んでいるのか、まったく見当もつかない。もしかして戦闘的な蛮族であったら……。そこまで危険な部族ではなくても、言葉が通じないとどのような齟齬をきたすかわからない。怪しい流浪の一味として有無を言わさず捕えられてしまう、ということもあり得るのだった。ひどく凶暴で、話もくそもなく、いきなり攻撃をしかけてくる海賊のような海洋民も外洋にはまだ随分沢山いると聞いていた。そういうことは、日本にいる時はもっとずっと遠い別の世界の話だろう、と思っていたのだが、案外あっけなく、こんなところで現実のものとして遭遇する可能性があるのだ。しかも自分らには、いま戦おうにも武器がまるでない。

(どうなるのだろう……)

固唾をのむとはこのことだ、と思った。

接近してくる船は一隻ではなく、少しずつ距離を離して三隻あった。案外大きな船で、一番先頭に見える船は低いながら二本の帆柱を持ち、船首には赤く彩色された何か巨大な動物が見えた。推進力は帆だけでなく、舷側の左右からは長い櫂が伸びていて、それが何か巨大な海の生き物の手足のように、ゆっくり前後に動いている。

見ていてあまり気持のいいものではなかった。

「ターラ、船底に寝ころがって隠れていろ!」

カポが小さく低く叫んだ。ネギーが舷側に手をついて腰をかがめ、何かに見がまえているのがわかる。両者は急速に接近していった。大型のその船の船首についている動物の首は歯をむきだし、大きな吊りあがったギョロ目をした海亀のようなものだった。

ターラはカポに言われて、不承不承船底に座ったが、どうしても気になるらしく、四つん這いになって首だけ船ばたから突きだし、接近してくるものを見つめていた。

カポとネギーとノケは、それぞれがそれぞれの方法で身がまえていた。

船首についている動物の首をネギーは凝視し、あれこそタルデワカシの時折いうヌヴアというものではないか、と思った。ヌヴアは雲湧く海に住む海の竜——のことである。

それを船首につけているのは海狩族といって船を襲う連中なのだ、ということを遠いむかし、タルデワカシに聞いたことがあった。

大きな二本の帆は跳び風を受けて、斜めにかしいでいる。斜めになった船の上に数人の動く姿が見えた。どこどん、どこどん、どこどん、と反響のいいトケラ（うろ太鼓）のような音がした。

「わあっ！」

ネギーが低い声を出した。

「どうした？」

カポとノケがほとんど同時にネギーを見た。

「サカナだ、サカナ人間だ！」

「なんだって？」

ネギーの驚異的な視力が、その船の上の人々を見ているのだ。

「サカナ人間？」

「うん、サカナの頭をしている。へんなやつらだ。みんなサカナの頭だ」

ターラが上半身を起こした。カポやノケにも、その船の上の人々の奇妙な姿が見えてきた。頭がとてつもなく大きい。

「どうしよう。やつらはフッーの人間じゃないぞ」

ネギーがどうにも困ったような声を出した。どこどん、どこどん、どこどん、というトケラの音はさらに大きくなってきた。そのうしろから近づいてくる二番目の船からもトケラの音は響いてくる。

カポは空を見上げていた。ブームを握る手に力が入っている。跳び風の方向を探っているのだ。逃げる方向を考えているのだな、とノケは察知した。しかし逃げるといっても、こっちはオンボロの、しかもすっかり水に濡れて重くなり、ろくすっぽ風をはらむこともできなくなっているマーボ樹布の間にあわせの帆だ。どんどん接近してくる大型の二枚帆で、しかも櫂つきの大型船にスピードでかなうはずはなかった。

何がどうなるのか見当もつかなかったが、これはもうやつらにつかまってしまうしかないのだろうな、とノケは半ば諦めぎみにそう思った。

ノケの不安は的中した。カポが風の方向を計算しながら必死にカヌーを回しているうちにも、二つの大きな帆を膨らませた船は、するすると波と波の間を滑るようにして接近してきた。同時にどこどん、どこどんというトケラのような音も大きくなっている。

船の上にいる魚人間の姿も、はっきりそれとわかってきた。魚人間は十人ほどもいる。船の上だけでそれだけ見えるのだから、四つの大きくて長い櫂を動かしている人の数も入れると、もっと沢山いそうだ。魚人間は手に手に槍や刀のようなものを持っている。

カポはまだ必死に帆を回し、風をもっと沢山受けられるように頑張っていたが、そんなことをしても、もうとても間に合わないところまできているのは、誰の目にも明らかだった。

「魚人間とは違うぞ」

ネギーが少し声を抑えながら、しかし鋭く言った。

よく見ると魚と見えたのは、彼らがかぶっている仮面のようだった。仮面が魚とそっくりの形をしているのだ。あとは褐色の体にそれぞれ色の少しずつ違う褌(ふんどし)をつけている。体つきはみんな筋肉がよく発達していて、カポやネギーと同じような体格だ。

「ツピーッ、ツピーッ」

鋭い口笛のような音がした。舳先に立っている、吊り上がった目のオッコノ・ギル(ツノザメ)のような仮面をかぶった男の指笛(ゆびぶえ)のようだった。接近するとその二枚帆の船は、カポのカヌーと比べたら、ざっと十倍ぐらいの大きさだった。

どこどん、どこどんというトケラのような音は、その船のどこかうしろの方で誰かが何か音洞(おんどう)(たいこのこと)のようなものを叩いているらしい。

「チケ　チケ　チケ!」

と、舳先の男が言った。右手に幅の広いダビダビ(ブッシュナイフ)を握っている。ネギーが手づくりの自分たちのキキを握っている。その向こうでカポがいつでもかがん

で斧(おの)をつかめるようにしているのが、ノケのところからちらりと見えた。

「チケ　チケ　チケ！」

と舳先の男がもう一度言った。ふいに激しい波音をたてて、いつの間にか次の船がカポのカヌーを挟んで反対側に回りこんできていた。そっちの船からもトケラのような音が重く低くとどろいている。

「ノッケチケレ、チケチケチケ！」

舳先の男は、また叫ぶようにしてそう言った。

「ノッケチケレ……」

ネギーがターラの顔を見て、舳先の男の言ったことをくりかえした。

「ノッケ・テケレ・テケレのことじゃないか？　タルデワカシが時々言っているぞ。ずっと昔の言葉だ」

「チケは、どこってこと？」

ターラがまだひきつった顔のまま言う。

「そうかもしれない」

「じゃあ《どこからきた》ってことだ」

ネギーが少し目玉を光らせながら言う。

本当にそんな、どうってことないことを聞いているのだろうか——。ノケは古い言葉がまるっきりわからないから、ネギーとターラのやりとりを聞いているしかなかった。

「ネンケ！　ネンケ！」

ネギーが大きな海原(うなばら)を指さしながら叫んだ。

「チケ？　ノッケチケレ？」

舳先の男がそれを聞き、身を乗り出すようにして言った。ざばんと激しい逆波がはじけて、カポのカヌーが大きく揺れてかしぐ。

「ハレ、タンゲハレ。ネンケネンケ！」

ネギーが叫んだ。

舳先の男が首をかしげて怒鳴った。どうやら二人は会話しているようだった。

「ハレ、タンゲ？」

「ターラ、何を言ってるんだ？」

「少ししかわからない。でもハレは島のこと。タンゲは《わからない》ってことだから……」

ツノザメのような仮面をかぶった舳先の男が、そのすぐうしろにいる赤い魚の仮面の男に何事か言った。赤い仮面の男は、船の甲板(かんぱん)のあたりからキキによく似たものを取りだし、ツノザメの男に渡した。それは通常のキキとは少し違って、二叉(ふたまた)の穂先の先端が折れ曲がっている。ツノザメの男は、そいつをカポたちのカヌーに向かって振りあげた。

　ネギーが大きく背後に身を反らし、カポが斧を握って立ちあがった。ターラが低く叫ぶ。ツノザメの男が振りあげたキキは、その折れ曲がった穂先で、がっちりとカポのカヌーのへりをつかんだ。赤い魚の男がいつの間にかもう一本の同じようなキキを取りだし、ツノザメがいまやったように、カポのカヌーの舳先の方をつかんだ。

「キメネケテ、カレカレ、ノッケカレケ、ケトケト」

「ノガレトレケテ、カレカレ」

　ツノザメの男と赤い魚の男が早口で何事か話している。

「何を言ってるんだ？」

　ノケが聞いた。

「わからん。あんなに早口だとおれにもわからない」

「カレは《引く》っていうことよ」

　ターラが言った。ターラがフンデロッテ村の老人たちの古い言葉をけっこう知っているのが意外だった。

「イネゲレ」

　ツノザメの男が、あいているもう一方の手で、カヌーの中に座れ、というしぐさをしているらしいのがわかった。どうやらそうやって、カポたちのカヌーをがっちりつかんで、連れていくつもりらしい。

「どうする気なんだろう」

ターラが低い声で言った。

ネギーが首を振る。自分にもわからない、という意味だ。

「だけど、そんなに悪いやつらじゃないみたいだ……」

ターラがそれを聞いて、ツノザメの男と赤い魚の男を見る。カポの表情は変わらなかった。カポの斧はまたカヌーの底にころがっていた。二本の帆の船は、その軽くて大型の帆いっぱいに風をはらんで、まさしく海の上を飛ぶように進んでいる。

「すげえ」

ネギーが口をとがらせて目玉をむくといつもの顔をしてみせた。ノケは二本の帆の船の、他の乗組員を観察していた。みんなそれぞれ様子の違う魚の仮面をかぶっている。体つきから見て若いがっちりした者だけでなく、老人もいくらかまじっているようだ。それにしても、どうしてみんなあのような仮面をかぶっているのか不思議だった。さっきと違って、もうどんどこいうトケラの音はしていない。

他の二隻も方向転換して、少し距離をおきながらあとについてくる。進んでいく先に、あのキネケネ（巻き貝の一種）を逆さに立てたような島が見える。接近していくと、その山はさらに怪しく巨大で、上の方にまとわりつく雲がぶるぶるふるえるようにして、ゆっくり流れていくのが見える。

ニキルとは違う、もっと大型の海鳥が海面すれすれを飛んでいく。海面にやってくる小魚を狙っているらしく、斜めになった翼の先端が、いまにも海面を切り裂きそうだ。

二本の帆の船の上では魚仮面の男たちが何事か話していたが、波を切る音が大きくて、その声までは聞こえない。もっとも、聞こえたとしても何を言っているのかまではわかりそうにない。

やがて、キネケネに似た島の岬を少し回りこむと、いきなり白い砂の浜と、その先にひろがる彼らの村らしいものが見えてきた。その村の真ん中へんに何か巨大な、またよくわからないものが見える。

それは、はじめ木で組んだ大きな櫓(やぐら)のように見えた。浜はフンデロッテ島やずんが島と違って、かなり急な傾斜になっていて、ところどころに引きあげられている大小さまざまな船が、いまにも下に滑り落ちそうなくらいの角度にとめられている。住民の家らしいものも見える。

櫓はもっとも海べりに近いところにあった。わらわらと沢山の人が、その櫓の周りを走ってくるのが見えるので、櫓の巨大さがよくわかる。ゆうにヒトの背丈の二十倍ぐらいはある。櫓の一番先端は海と陸に向かって前後に大きく横に突き出しているので、それは巨大なテンポ・ギルにも似ていた。

リーフがあるのかないのか、カポのカヌーをがっちりつかまえた二本帆の船は、そのままスピードを落とさずにまっすぐ浜に向かっていく。

さらに沢山の人々が走り出てくるのが見える。この島には思った以上に大勢の人が住んでいるようだ。

ふいに、テンポ・ギルの形に似た櫓の上から大きな鳥が飛び出してきた。それはカポたちがいままで見たこともないような大きな鳥で、羽根の端から端まで、人間の背丈の五倍ぐらいはありそうだった。風を受けているからなのか、そいつはさらに上に舞いあがっていく。カポたち四人が茫然と見あげているうちに、またもや一羽、同じくらいの大きさの怪鳥が櫓の上から飛び出してきた。

どこどんどん　どこどんどん

トケラに似た音がまた二本帆の船からとどろき始めた。その音を聞くと、なんだか否応なしに緊張させられるのはなぜなのだろう、とノケは思った。

どこどんどん　どこどんどん

しかしよく聞くと、さっきとその音の調子はいくらか違っていた。テンポもゆっくりになっている。きいきいと木の軋み音をひびかせて、沢山の櫂が動いている。海が浅くなってきたからなのか、その角度が水面すれすれになっていた。

天空をぐるりと舞っていた怪鳥が、羽根を大きく斜めに傾けたかと思うと、墜落するような唐突さで鋭く二本帆の船とカポたちのカヌーのすぐ近くまで舞い降りてきた。

「わあ！」

ネギーがはじけるような声をあげた。ノケも何か叫びそうになった。その怪鳥は鳥ではなく、人間だった。人間が大きな羽根のようなものをつけて大空を舞っていたのだ。しゃーっという激しく空気を切り裂くような音をたてて、その飛び人間は、海面すれすれのところで上手に曲線を描き、また上空に上がっていった。

「す、すげえ！」

ノケがかすれたような声で言った。

「顔が見えたぞ」

カポが言った。

「人間だった。若い男だった」

再び高みに舞いあがっていくそれを目で追いながらターラが言った。

「テレカレケテ、カレカレ」

「カレカレ」

二本帆の船の上でツノザメの仮面の男と赤い魚の仮面の男がまた何事か早口で喋（しゃべ）り始め、カポたちのカヌーをもっと引き寄せた。

浜まであとわずかの距離になっており、いつの間にか二本帆の船の脇腹から出ていた沢山の櫂は、船体の中に引き戻されていた。

浜に大勢の人々が集まってきていた。女も子供もいる。魚の仮面をかぶっている男の姿は浜にはなかった。何かに興奮したのか何匹もの犬が吠えあっている。

やがてカポたちのカヌーは岸辺に乗りあげるようにしてとまった。浜辺にいる人々がカポたちのカヌーと、その上の四人を黙って見ていた。

カポたちが連れていかれたのは、揺すり椰子(やし)の密集した中に建っている木の家で、床の高さが人の背丈の倍ほどもあった。長いキュルバ（やすで梯子(はしご)のこと。一本の木の左右にハシゴ式の足場がはみでている）を登って、そこに入っていく。キュルバをはずしてしまうと、そこから飛び降りる以外、脱出する方法はないようだ。大騒ぎして何ごとか喋りまくっている島の人々の言葉はよくわからないので、四人は黙ったままだった。

たえず周りを島の人々が囲んでいるので気が休まらなかったけれど、それらの人々はただ単に珍しがっているだけのようでもあった。島の人々はカポたちよりも全体にいくらか小柄であった。カポたちをここに連れてきたツノザメの男も、カヌーの上から見た時は、いかにも大きく荒々しく見えたのだが、陸にあがるとカポよりひと回り小さく、さらにそのツノザメの仮面を脱ぐと目玉のくりっとした、中年の男の顔があらわれた。

キュルバの上の家は、ここでこのまま寝泊まりできるようになっているらしく、四隅に高柱があって、いかにも頑丈そうなクバ（葉扇樹の一種）の葉で綿密に屋根がふいてあった。

「どうなるんだろう」

ターラがやや不安気にあたりを見回し、低い声で言った。

「別段、危害を加えてくる様子はないようだから、しばらくこのまま様子を見よう」

カポが言った。

「いざとなったら、今夜のうちにやつらの船を奪って逃げだせばいいよね」

ターラが目を光らせながらそう言った。

「ターラ、いまはそんなことを言うんじゃない。おれたちの言葉がわかるやつが近くにいるかもしれないだろう」

カポが低い声でたしなめた。

やがて目の鋭い若い女が、すばしこい身のこなしでキュルバを上がってきた。片手に蔦綱(つたづな)を持っており、上にあがると、その蔦綱を両手で引いた。蔦綱の先にナムラ（ふくろ盆）のようなものがついていて、そこには大きな固い豆莢(まめざや)のようなもので作られた食器らしいものがいくつか載せられていた。

女はその食器を手早くカポたちの前におき、獣皮で作ってあるらしい水容器から、その中のものを注いでくれた。

白く濁っていたが、粘着度のある、どろりと甘い飲みものだった。ついさっきまでの

緊迫した状況から少しずつ解放されてきて、同時にとてつもなく喉が渇いてきていたので、その飲みものはとてもうまかった。

「これはなに？」

ターラが女に聞いた。

女は一瞬びっくりしたようにターラの顔を見つめた。

「これは、なに？」

ターラが豆莢の器の中を指さし、もう一度言った。

「なに？？？」

女がくりかえした。

「そう。これは何？」

「ケネコネ、ケトマラカ。ケネコネ」

なんだか少し困ったような顔と口調で女が言った。

「ケネコネ？」

「モ、モ、モ、ケネコネ」

「ケネコネというのだな。しかしそう言われても、ケネコネというのがなんだかわからないものな」

カポが少し笑いながら言った。

それを見て女も笑った。

「『モ』というのは『ハイ』だな。もしくは『そうそう』だ」

ネギーがだいぶのびた口の周りの髭をこすりながら頷く。なるほどたしかにそういうことなのだろうな、とノケも頷く。言葉がほとんどわからないけれど、どうやらフンデロッテ村の長老たちの言葉とどこかでつながっているらしい。ネギーがその言葉を少し知っており、しかもネギーは言語を吸収していく勘どころを、けっこううまくこころえているらしい、というのがなかなか頼もしかった。

女が降りていくと、すぐに長いキュルバがはずされてしまった。それによってカポたち四人は島の人々にすべて好意的に迎えられたのではない、ということが判断できた。しかしかと言って、すぐに何か厳しく訊問（じんもん）される、ということもないようで、そのまましばらく放置されていた。窓からあたりの風景が見える。海の側と山側で、背後の山は大きく圧迫するようにせりあがっていた。そのあたりの繁みから、たえずカン高い声が聞こえる。鳥や猿たちの鳴き声のようであった。

海側には、さっき四人を驚かせた巨大なテンポ・ギルに似た櫓が見える。

「だけど、それにしてもさっきはびっくりしたなあ。あんなにゆったりと空を飛ぶ鳥みたいな人間がいるなんて……」

ノケがその櫓を見ながら言った。

「ほんとうだね、気持がよさそうだった。私もやってみたいな」

ターラが目を輝かせる。

「あのとき空から飛んできた一番最初のやつと目が合ってしまったよ。別段、笑ってもいなかったけど、でも何か攻撃をしかけてくる、という顔でもなかったな」

ネギーが両手をひろげ、空を飛ぶ恰好(かっこう)をした。

「それにしても、あの魚の仮面はどういうことなのだろう」

カポが言った。わからないことがいっぱいあった。これから自分たちはどうなるのか――ということもまだわからない。ターラの言うように、この程度の高さだったら簡単に飛び降りてしまえるだろうが、しかし、そのあとのことがわからなかった。やはりカポが言うように、しばらくこのまま様子を見るしかないのだな、と思った。

夕方近くに、なにやらまた騒々しい声がして、いきなりキュルバの先端がのびてきた。カタンといって、入口の下の横木にキュルバの先端の三角に切り込まれた窪みがはまり、間髪をおかず誰かが登ってくる軋み音がした。

腰布をまいた男が一人、素早い身のこなしで上がってきた。続いてもう一人。両方とも腰のうしろに先端が折れ曲がった長柄のナイフを下げている。二人は上がってくると油断なく右と左に別れて片膝をつき、下に向かって低い声で何事か言った。再びキュルバの軋む音がして、新たにまた誰かが上がってきた。

今度も男だった。だいぶ歳をとっているようで、顔中がしわだらけだった。顎（あご）の下が白いもので覆われている。

「メケネマレ、クネカレクネカレ」

白髭は左右に別れて片膝をついた二人の男の真ん中に座ると、早速しわがれた声でそう言った。

ノケには相変わらず何を言っているのかさっぱりわからなかったが、ネギーが何か必死で考えているようだった。

「クネカレ……クネカレ……は」

ネギーが低い声でつぶやく。

白髭が自分の耳に向かって指をさし、頭を少し傾けるしぐさをした。

「そうだ！　クネカレは『聞く』っていうことだ」

ネギーが仲間を見ながら言った。

「マレ……は『はなし』だ」

「そうすると……」

ターラがカメのように少し前の方に首をのばす。

「たぶん、これからみんなの話を聞くぞ、というようなことだろう」

ネギーが解説した。

「モ、モ」

カポが言った。

〝モ〟が『ハイ』ということだと、さっき知ったばかりだ。カポが笑い、白髭がつられて少し笑った。

「ノットレカレ、クラレカレ、ナムラムンノトレカレルカ。ネケレコノケレ」

白髭が落ち着きはらって、さらに早口で喋りだした。もうこうなると何もわからない。さすがにネギーも困っているようだった。

最初の会話が期せずしてうまくいってしまったので、白髭は自分らの言葉がかなりわかるのかと思って猛然と喋りだしたようであった。しかし、ネギーにしたってたいした理解力はないのだから、これではどうしようもない。しばらくして白髭も、目の前の四人が何もわかっていないらしい、ということを知って、へたるように口をつぐんだ。そのしぐさがおかしかったのでターラが大きな声で笑い、つられてカポたち男の三人も笑った。白髭とその左右の若い男も笑っていた。気配は急速に打ち解けたものになり、ノケはゆっくり張りつめていた気持を解いていった。

また、一から話のやり直しである。ネギーとターラが少しだけ知っている基本的な言葉を中心に、身ぶり手ぶりを加えて少しずつ話を進めていった。

図を描いたり、手で実際の方向を指さしたりして、まず自分たちがどこからやってきたか、ということを説明した。嵐が「トーネ」、島が「アフ」であることがすぐわかった。

カポたちが、ずんが島へたどり着く以前の島がどっちの方角であるか、ということを互いにある程度確認しあうには少し時間がかかったが、カポの説明する太陽の位置と時間の話をして、いくらか知ってもらえたようだった。

二時間ほどそのような話が続いた。その間に、この島のことも少しずつわかってきた。島の名前はマキラ・アフ島。

はじめこの名を聞いた時、四人はまさしく腹をかかえて笑ってしまった。どうしてかというと、フンデロッテ村の言葉では、(おばあさんのおなら島)という意味になってしまうからだ。

どうしてそんなに笑うのだ、と白髭は四人のひとしきりの笑いのあとに聞いた。あまりおかしかったので、ついつい遠慮なしに笑ってしまったが、よく考えたら大変に失礼なことである。気を悪くしてしまうとまずいので、カポは早口で「うまく言ってくれ」とネギーに頼んだ。ネギーは承知して、自分たちの島の言葉ではマキラ・アフというのは、おばあさんのおしり、という意味になるのだから、と少し意味を変えて説明したようであった。

しかしそれにしても、おばあさんのおしりでもまだ相当におかしい。

この島の言葉でマキラ・アフというのは「三年島」という意味であった。言い伝えで、この島ができてから三年目でもうかれらの先祖がここに住んだのだという。

カポたちのカヌーがやってきた時、魚の仮面をかぶった男たちの船が、ものものしい装備と恰好でやってきた理由もしだいにわかってきた。

この島は、百年戦争というのをやっていて、その戦争の相手の海域は、そこから見える湾のずっと正面の方にある。つまりカポたちの船がやってきた方向だ。戦争といっても、ここ十年ぐらいは大きな戦闘は何もないのだが、しかし、いつその戦いが再開するかわからない。だから、そっちの海域から見知らぬ船がやってくると、とにかく戦争の仮面をかぶって出撃の態勢をとるのだという。

「まあ、しかし、お前たちの船は、わしがこの見張り台から見ていても、最初から戦争の船ではないとわかっていた。しかし、もしものことがあったらいけないというので、ああして出撃していったのだ」

白髭がそのようなことを言っているらしい、とネギーがみんなに話してくれた。白髭の話によって、四人がつれてこられたこの場所が、遠くからくる船などの監視台のひとつらしい、とわかってきた。

しかしそれでも、まだまだわからないことがいろいろあった。

どうして戦争の時はみんな魚の仮面をかぶるのか、ということや、このテンポ・ギルに似た巨大な櫓から飛び出してきた空飛ぶ人間のことなどだ。

白髭はまもなくふたりの若い男と共に櫓を降りていった。それと入れ代わるように、キュルバをぎしぎしいわせて、さいぜんやってきた目の鋭い女が、また別の二人の男と櫓を登ってきた。

二人の男は、肩の上になんだかシャラシャラとかろやかな音をさせて、樹皮の織物を丸めた束のようなものを担いでいた。

「ノルガトラ、ナッテナッテ」

女はタ－ラとネギーを交互に見ながら早口で何事か言った。その言葉の意味はよくはわからなかったが、どうやら眠る時にその織物を使え、と言っているようだった。

女は続いてすぐに蔦綱を引いて、網袋を櫓の上に置いた。その中には食べ物が入っているようだった。

別の男がまたあがってきて、大きな瓶壺を持ってきた。それには水が入っているようだった。男たちは素早く下に降りていき、女はタ－ラに低い声で何事か言った。それでもやっぱり言葉はわからないから、タ－ラは戸惑っているようだったが、そのうちに大きく頷いた。

「タネラトラ、ナテラトラ」

女はまた早口でそのようなことを言い、櫓を降りていった。

女が降りていっても、今度は櫓にかかっているキュルバははずされなかった。さきほどの白髭との話で、どうやらカポたち四人は敵対するものたちとはみなされず、ここに泊めてもらえるようであった。

「ターラ、さっきのあの女はターラに何を言っていったんだ？」

ネギーが少し声をひそめてそう聞いた。

ターラは笑い、

「わからないの、便所の場所を言ったんだよ。あの人はきっと女ひとりの私のことを、とても心配してくれているんだね」

嬉しそうにそう言った。

「あの人は、ターラのことをまだ何も知らないからなあ」

ネギーがそう言うと、ターラが少し怒り、そこでターラ以外の三人が、またみんなで少し笑った。状況はまだどうなるか皆目わからなかったが、みんなの気分はけっこう明るかった。

櫓の下がなんだか騒々しかった。ノケが覗(のぞ)いてみると、子供たちが沢山集まっていた。珍しがって、皆口ぐちに何事か言いながら櫓の上を見上げている。

フンデロッテ村の子供たちと違って、皆腰に大人と同じような腰布をつけている。両手をあげて、それを振ったり両手を叩いたりして、しきりに何事か言っている。

ネギーが櫓の上の大きな窓から身を乗り出すようにして顔を出し、

「なんだなんだ、おまえたち、おにいさんに何か用があるのかい？」

と、大きな声でそう言った。

いきなりネギーのぎょろりとした大きな目玉と、口の周りをぐるりと丸く囲んだ髭面が出てきたので、子供たちはみんなびっくりしたらしく、「マニャー！」「マニャー！」と叫びながら素早くあとずさった。

「ありゃあ、なんで逃げるんだ？　おまえたちは？」

ネギーがカン高い声でそう言うと、子供たちはそこで立ちどまり、どうやらネギーの声とその喋り方が彼らにはおかしかったらしく、皆そこでどっと笑った。

ネギーも目玉をむいて笑い、それでまたいっぺんに和やかな気配になった。

「テラマカテ、コナ」

まるい頭のてっぺんがとんがっていて、なんだかココナツの実に似ている大きな体の子が、片手を振りながら言った。

「テラマケテ？」

ネギーが聞きかえしたが、間違えていたらしく、そこでまた子供たちのみんなが激しく笑った。

「テラマカテ、コナ」

今度はココナツの子だけでなく、何人かの子供たちが口をそろえてさっきと同じことを言った。

ネギーはなかなか勘がよかった。今の間違えが、偶然、子供たちを笑わせたことで、ネギーは持ち前の本領を発揮した。

「テラマケテ、コナコナコナチャ、コナコナチャ」

窓からそっくり身を乗り出して、さらに両手を大きく振りながら、踊るようにしてそう言った。

子供たちはもうたちまちネギーのぐりぐり目玉と、持ち前の愉快なおどけたそぶりのとりこになってしまったようであった。

「コナコナコナチャ、コナコナチャ」

ネギーはフンデロッテ村の「カメまつり」の歌のリズムで、そんなことを歌い、さらににぎやかに両手を振り回した。

それからそのしぐさのまま、キュルバの方へ行った。どうやらネギーはそこから降りようとしているようだった。これまでの経過で、自分たちはこの櫓の上に捕らわれてしまったわけではないらしいとわかってはきていたが、はたしてそんなふうにして、勝手にここから降りていって大丈夫なのか、まだわからないところだった。

キュルバを降りる時は、さすがに両手を使わなければ降りられないので、おどけたしぐさはできなかったが、「コナコナコナチャ、コナコナチャ」という陽気な歌はもっと楽しい調子になっていた。

ネギーはそのままいい調子で下に降り、いつのまにか子供たちの真ん中に立っていた。

ネギーはたちまち子供たちの人気者となり、それにつられてカポたち三人も櫓の下に降りていった。

もうそろそろ夕闇の迫るころであった。そのあたりの村はいたるところ傾斜になっていて、島の人々の住居がところどころに見えた。白髭や、あの目の鋭い女の姿は見あたらなかったが、それとは別の幾人かの大人の姿が見えた。

ネギーの周りの騒ぎを聞きつけて、さらに子供たちが集まってきた。子供たちは口ぐちにいろんなことを言うので、ますます騒々しくなっていた。どうやら子供たちは、ネギーに自分たちの言葉を教えようとしているようだった。

カポたち三人は、その騒ぎをネギーにまかせて、村の中に出ていった。そのように勝手に自由に歩き回っていいのかどうかわからなかったが、まあ怒られてしまったら戻ればいいだろう、とカポが言い、ノケとターラもそうだそうだと即座に頷いた。

ネギーたちを珍しがる子供たちと同じで、三人ともこの島の中のことを知りたくてうずうずしていたのだ。

そこで少々控えめに、三人はしっかりかたまって、ゆっくりした足取りできつい斜面を歩いていった。

いたるところに椰子やそれに似た大きな樹が生えていて、沢山の葉が海からの風にゾワゾワと騒がしい音をたてて動いていた。島の住人の家は、フンデロッテ島のそれとは随分違っていて、斜面に生えている椰子などの樹をそのまま使い、沢山の細木をいくつも組みあわせて、何家族も入っているような大きな造りになっている。

それぞれの部屋の出入口には、いくつもの長いキュルバが地面にのびているので、まるで家が沢山の足をはやしているようにも見えた。

ちょうど海の漁から帰ってくる時間らしく、テモ（ひしゃく型をした櫂によく似た道具）や、漁網のようなものを抱えた男たちが、海からの斜面を次々に登ってくる。

沢山の足をはやしているような大きな家はあちこちに見えるので、この島には大勢の人が住んでいるようだった。

久しぶりにそういう穏やかで、懐かしい夕暮れの風景を見て、ノケはなんだかはてしなく気持がやわらかくなるような気がした。

第八章

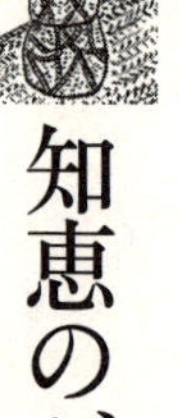

知恵のダンゴ

女が持ってきてくれた織物は、体によくなじんだ。海と航海には慣れているとはいっても、不完全な修復しかできず、浸水の激しい舟で、あてもなく漂流同然にただよっていた日々であったから、みんな体の芯がくたびれていたらしく、その日はぐっすりとよく眠った。

翌朝、また目の鋭い女が、昨日と同じように二人の男に朝食を持たせてやってきた。葉脈の多い、大きな葉でくるんだ練芋のようなものであった。

女は終始無言であったが、別に不機嫌というようなわけでなく、むしろ恥ずかしがっている印象を受けた。

練芋のようなものは甘い味で、一緒に添えられてあったモクモクにちょっと似た果実も甘くておいしかった。

朝は背後の山の方から鳥や猿の鳴き声が、昨日の夕方よりもっとにぎやかに聞こえていた。反対側の、海へ向かっていく斜面の方からは大勢の人々の声が騒々しく聞こえていた。大人だけではなく、沢山の子供の声もそこに混じっている。

みんなで窓から顔を出して声のする方を覗(のぞ)いてみると、大人たちはあの足のある大きな家から、それぞれ海の道具を持って、出かけて行くところだった。子供たちも同じように外に出てきたが、海の方ではなく、カポたちのいる櫓(やぐら)の近くを通って、どこかその先の方へ急いで向かっているところのようであった。

ネギーがピューッと口笛を吹いた。子供たちが手を振っている。けれど誰も立ち止まらず、みんなやっぱり急いでいるようだった。

「テラマケテ」

ネギーが大声で叫んだ。

「マクナマラ・マレ・コレ」

ひときわ大柄の、ココナッ頭の少年がネギーに負けないくらいの大声でそう答えた。

「マクナマラ・マレ・コレ……」

ネギーが口の中で今の少年が言っていた言葉をくりかえし、少し考えていたようだったが、やがて、

「ああ、そうか、マケラがおしまいということだったから、そうすると、ああそうか、話が終わってからということだから、つまりどこかに話を聞きにいくところなんだ、み

んなは……」

と、つぶやくようにそう言った。

「わあすごい……」

ターラが手を叩いた。

ノケもこの島に来た時から、そうしたネギーの言葉に対する直感力と勘のよさに驚いていたところだった。

「みんなで何の話を聞きにいくのだろう？」

ターラが、首を傾げた。

「ああ、そうか、学校だ。学校なんだ」

ノケがいきなり笑いながら言った。長く故郷の日本を離れてしまっていたから、感覚がすっかりフンデロッテそのものになってしまっていたが、よく考えると、多くの国の子供たちは、ふだんは学校へ行くのだ。

「ガッコウ……」

ノケが日本語でそう言ってしまったので、ターラがまた首を傾げた。フンデロッテの村には、まだそういうものはできていない。

通常は、親や兄弟、長老たちが食事の時などに、いろいろなことを必要に応じて自然な形で教えていくのだった。

「学校というのは子供たちが集まって、大人の話を聞いて、いろいろなことを教えてもらうんだ。その形は少し『ケノケノ会議』（フンデロッテ村の女会議）に似ている」

ノケが大急ぎで説明した。

「ええっ？　ケノケノ会議？」

ターラが目を丸くした。

「いや、そこで話されている内容は、まったく別のものだよ。形が少しそれに似ている、というだけで……しかも学校は毎日ある……」

「えっ？　毎日だって？」

今度はカポが目を丸くした。たしかカポはずっと前にケノケノ会議にかけられて、えらく怖い思いをしたはずであった。どうも説明がまずかったようだな、と思ったが、その時またキュルバの軋(きし)む音がして、誰かが上がってきた。昨日の白髭であった。今日は従者をつけず、ひとりだけだった。

「テラマカテ・コナ」

突然、ネギーが元気のいい声で言った。追いかけるように、ターラたちもそう言った。

昨日、子供たちとネギーの陽気な踊りまじりのふれあいの発端となったその言葉が、どうやら『コンニチハ』であることは、眠る前にネギーから教えてもらっていたのだった。

「テッテッ、テラマカテ・コナ」

白髭が両手を開き、やや大げさに驚いたそぶりをしながら、そう言って笑った。昨日の段階では、まだこの若者たちは『テラマカテ』を知らなかったのに……という意味が、その少々大げさな身振りに表現されているようだった。

「クネカレ（聞く）マレ（話）」

そう言ってネギーが身振りと手真似（まね）で子供たちのことを表現した。ああ、そうか（子供たちからその言葉を教えてもらった）とネギーがいま話したのだな、とわかり、ノケはまた感心した。

白髭は、ゆっくりしたスピードで、何事か話し始めた。一応は四人の顔を見回しながら話していたが、他の三人は、こうなるともうネギーにその内容を理解してもらうしかないな……という気配になっていたから、いきおい白髭もネギーの顔を見て、ひとつひとつ確かめるように話すようになっていった。

「どうやら、この人が言っているのは、おれたちが百年戦争の相手側の者ではないらしい、と判断した、ということらしい」

白髭がひと通り話したあと、ネギーが考え考えそう言った。

白髪の話の長さから考えると、ネギーのその『通訳』の内容はあまりにも短いような気もしたが、しかしまあそれだけでもわかればたいしたものであった。

白髭はまた話し始めた。今度は前よりも混みいっているのか、白髭は持ってきた蔦袋からコモ（扇形紋甲イカの浮袋——硬くて白くて巨大な長楕円形）を引っぱり出すと、同じイカの口骨で、その浮袋に何事か書きながらの話になった。

白髭が書いているのは文字や図で、それを覗きこみながら、ネギーはさっきよりも大きく頷いているようであった。しかも時折、二人で声をあわせて笑っている。まったくすごい上達ぶりだ。他の三人は思わず顔を見合わせてしまった。

やがてまた『通訳』の番になった。

「あー、つぎにこの人が言っているのは、おれたちの島がどんなところなのか、ということなんだけれど、どうにかやっとそのことがわかっても、何をどう伝えていいか、その言葉がわからない。無理なことを言うおっさんなんだよこの人は……」

ネギーがいつもよくやるように口をとがらせたので他の三人はそこで少し笑った。

「で、まあそのことをなんとか伝えると、このおっさんもわかってくれて、それでさっきまあ二人で同時に笑ってしまったというわけだよ」

ああそうか、まだそんなところだったんだ、ということがわかり、みんなでまた声をあわせて笑った。

「それからまた、これも結局、どこまでおれがわかったのか、あんまり自信はないんだけれど、この島の中は好きなように歩き回っていいぞ、と言っているみたいだぞ。いや、もしかすると、その反対だったのかなあ。いや、そうかもしれないぞ。たしか昨日のことで、何か言っていたからなあ。歩き回ったら、つかまってどこかに閉じこめられてしまう……」

「と、言ってたのか？」

カポが聞き返した。

「いや、そう言ったかどうかよくわからない。いいと言ったのか、だめと言ったのか、そこの区別がどうもわかりづらいんだ」

ネギーの通訳は、よくよく聞いてみるとだいぶ危なっかしいところがある。まあしかし、とりあえず全体の雰囲気は決して悪い方向にはいっていない、ということはたしかなようで、白髭の表情も昨日よりずっとくだけているようにみえた。

ひと息ついて、再びネギーと白髭の話が始まった。今度もコモに描く絵と身振り手振りが沢山入った賑やかなもので、ネギーは話の段落らしきところできちんと「モ、モ」（はい）と相槌をうっている。

そういうやりとりが一時間近く続いた。そうして最後に白髭は、「ノバノバ、マキラ・アフ」（この島でやすめ）と、みんなに向かってその言葉を丁寧に説明し、何度か繰り返してそう言って、櫓を降りていった。

「よかった。やっぱり自由に歩き回ってよかったんだなあ」

カポが言い、ネギーが頷いた。

「だけど、どうもおれたちは、この島の偉い人からもう一度、話を聞かれるようだぞ」

「どんなことを？」

ターラが聞いた。

「どうもそれがよくわからないんだ。だけどそれがとても大事なことのようで、そのためによく考えておけ、と言われた」

「何を？」

「それがよくわからん」

どうもネギーの通訳は肝心なところがいつもみんなわからなかった。

ターラが何事か考えていた。その表情は妙にかげって見えた。

「ターラ、何かまずいことがあるのかな？」

ノケがターラの顔を見ながら低い声で聞いた。

「ずっと前のことだけれど、フンデロッテ村のカノバ婆さんにこんなことを聞いたことがある。それを思い出してしまった」

「いったいどんなことだい？」

カノバ婆さんは盲目の占い師だ。いつも歯のない口で一日中ビンロウジュの実を噛(か)んでいるので口の中が真っ赤になっている。

「よく言っていたよ。テンケレ（ヨコメウオ）の島に行くとテンケレにされる。豚の島では豚、島の島では鳥、知らないものが行くと、みんなその島のものにされてしまうんだって……」

さっきまで明るくて元気だったターラが、どうした訳か急に不安そうな顔になってしまった。

「急に思いついたんだ。私たちがいたあの『ずんが島』は、ここで鳥にされたよその国の人間が、あそこでぽうぽうになっているんじゃないかって、急にわかったんだ」

なんてことだ、あの気の強いターラが、いきなり涙目になっている。それにはほかの男たちみんなが慌てた。

「ターラ、そんなことあるわけがない。どうやって人間をほかの動物に変えるんだい。人間がそんなことできるかい？」

ノケが少し笑いをまじえて、穏やかな声でそう言った。

「どの島にもまじない師がいるじゃないか。その人たちがやってしまうんだ」

「じゃあフンデロッテは何の島だっけ？　だれが何に変えられているんだ？」

カポが聞いた。

「えーと、フンデロッテはむかしから……」

ネギーが何だかうたうようにして天井を見上げた。

「女だ！」

ノケが指を一本突きだしてそう言った。

「そうだ。女だ。おれたちの島は女からできたって言われているぞ。でもしかし、最近だれか女にされてしまったやつがいたか？」

ネギーが声に力をこめた。

「だれか男が消えて、知らない女が増えたってことあったか？」

ノケがすかさずそう言った。

「女が男になっちゃっている、というのは知っているけど……」

ネギーがおかしなことを言うので、みんなネギーの顔を見た。ネギーはタ－ラの顔を見ている。みんなほぼ同時にネギーの言おうとしている意味に気づいた。それと同時に、タ－ラがいきなりネギーに飛びかかっていった。たちまちネギーがタ－ラにぼこぼこ殴られている。そばでノケとカポが体をゆすり、けれどタ－ラには聞こえないように必死にこらえて笑っている。

このひと騒動でちょっとナーバス（精神不安）になったタ－ラは、たちまちいつもの元気のいい娘に戻ることができた。

「けれどなあ、少し注意しなければならないことがあるぞ」

カポが再び真顔になってそう言った。

三人がカポを見る。

「これはずっと前に、フンデロッテの長老の一人に聞いたことがあるのを、たった今思いだしたところなんだけれど……」

カポの喋り方は明らかにあたりの様子を気にかけているようなので、三人は自然にカポのそばに頭を寄せ合っていた。

「はじめてよその、どこか知らない島に行った時は、その島の人々がやがて攻めてくるかもしれないから、自分らの島のことをいろいろ聞かれても、あまり詳しく話してはいけない、と言うんだよ」

「ふーん」

三人がそれぞれのやりかたで頷いた。

「そうか、そういうことにも注意する必要があるんだろうなあ」

ノケが言った。

「おれの国では、それをもっと意図的に相手の国に対してやろうとしている。いや現実にやっているんだ」

ノケが続けた。

「いとてき——ってなに？」

タータが聞いた。

「計画的――というようなことだな」

「何のために？」

「決まっているだろう。戦争が始まったら、相手のことを沢山知っていたほうが有利だろう」

今度はカポが説明した。

「そうかなあ、この『おばあさんのおなら島』の人たちがフンデロッテ島を攻めようと考えているのかなあ」

ネギーが自分の口の周りの髭をしきりになでながら、いかにも半信半疑の顔つきでそう言った。

「もっとはっきり様子がわかるまで、いずれにしても用心した方がいいってことだよ」

ノケが言った。

大きな窓から入ってくる風が、しだいにあつくなってきていた。

ずっとそこに座っているというのも退屈なので、昨日の夕方の時と同じようにみんなで外を歩いてみよう、ということになった。

ネギーの少々曖昧な通訳では、自由に歩いていいのかいけないのか、まだどっちかわからない。実際にそれを試してみよう、ということになった。

よく乾燥した潮風が、海からの斜面を鋭く吹きあがってくる。ずんが島でも、それからそのあとの漂流のような航海でも、ずっと太陽の下の海流の匂いのするところにいたので、そういう真昼の風の中にでると四人はすっかりまた元気を取り戻した。

急な斜面を下って、どんどん海の方に向かっていった。

ところどころに人の姿が見えた。切り倒された大きな椰子にとりつき、二人がかりでとくにそれまでの仕事を休むでもなく、変わらず「トンケーノッケー、トンケーノッケー」と軽快な掛け声をかけあいながら、その仕事を続けていた。

二人の男は、近づいていったカポたちのことをとうに気づいているはずであったが、長い斧のようなものを動かし、幹を抉っている。

二人が互いに引いたり押したりして動かしている長い斧のような物は、両端がカモン（角エイ）の頭のようになっていて、押したり引いたりする作業に都合のいい形になっている。

面白そうなので、四人はそのそばに行ってしばらく眺めていた。相変わらず男たちは「トンケーノッケー」と軽快に声をかけあい、同じリズムで仕事を続けている。

しばらくして一人の男が、いきなり何事か言った。

うまく聞き取れなくて、ネギーがもう一度、というふうに首を傾げて、その男のところに耳を寄せた。

男はもう一度さっきと同じことを言った。それでもまだネギーにはわからない。とうとう男は仕事の手を休め、さっきよりももっと大きな声で、しかもゆっくり同じ言葉をくりかえした。

「モ、モモ、モモ」

ネギーが大きく頷いた。ようやくわかったようなのだ。カポやノケが顔を見合わせ、互いに少し頷きあった。

ネギーがその場にしゃがむと男は満足したようで、また仕事を再開した。ネギーはカポたちを見上げ、

「見物してるなら座ってゆっくり見てろ——と言っているようだ」

と大声で言った。カポたちは大急ぎでそのあたりに座った。

二人の男は心なしかさっきよりも元気よく、大きな斧を動かしている。

しばらくしてひと休みの時間になったようで二人は大きな斧から手を放し、そのまま後ろにのけぞって、

「カー、テノテノ」

と互いに同じことを言いあった。

それから見物しているカポたちに向かって何事か言った。

ネギーがもう一度聞き返し、それはすぐ理解できたようだった。

「モ、モ」

ネギーが答えた。ネギーはそれから周りの仲間に向かって、

「おまえたちが〝流れてきた人々〟だな――と言っているようだ」

と説明した。

こんどはネギーが二人の男に何事か質問した。

しばらくまたお互いに何度も聞きなおしたり、確認したり、驚いたり、首を傾げたり、といったやりとりがあって、やがてびっくりしたままの顔で、

「ちゃんと聞けているのかどうかわからないけれど、しかしどうやらこの仕事は食べ物を作っているらしい」

ネギーはまだすっかりとは納得していない顔で、そのようなことを言った。

「この木から食べ物を？」

タープがけらけらと笑いながら言った。

カポがなんだか困った顔をしている。そこでネギーは二人の男にまた聞いた。ひとしきりさっきと同じようなやりとりがあって、

「やっぱりそうだ。この人たちはこれを食べるんだよ」

さっきよりも力のこもった声でそう言った。休んでいた二人の男は、このネギーたちのやりとりを興味深く見ていたが、やがてどういうことでカポたち四人があれこれ言い合っているのか見当がついたらしく、ネギーの背中を突っついた。そうして振り返った

ネギーにあらためて何事か言った。

二人のやりとりのなかで、他の三人にもいくつかわかる言葉があった。チケ（どこ）とか、マレ（話）とか、クネカレ（聞く）といった単語だ。

「連れていく——と言っているよ……」

カポやノケよりも、この島の言葉がもう少しわかるタ－ラが低い声でそう言った。

やがてネギーの通訳が始まった。

「これからちょうどそこに行くところだから、みんなもそこに来るか？　見せてやる、と言っているようだ」

「そこってどこ？」

タ－ラが聞いた。

「わからない。でもなんだか海の近くらしい。海という言葉が沢山でてきたから……」

どうもネギーの通訳は相変わらず危なっかしかったが、島の二人は、なるほどもうかたづけ始めている。

「行ってみよう。何かまた面白いものと出会うかもしれないじゃないか」

カポが言った。話は決まった。

島の男は木の蔓と、名前はわからなかったが、大きくていかにも強靭そうな葉で作ってある背負い籠に、いままで大きな斧で削っていた椰子の木の削り屑を入れ始めた。

中にどっさり放り込んでは両手でぎゅうぎゅう押し込んでいくので、その籠の中には驚くほどの大量の木屑が入った。

おのおのひとつずつその籠を背負い、二人の男は歩き始めた。慌てて四人はその後についていく。

きつい斜面の木や草が沢山繁っている中に、細い道がずっとつづいている。男たちの向かっていく方向には、もう人の住んでいるような気配はなかった。

やがて細い道は斜面をどんどん下っていき、じきに椰子の木や草の間から、太陽にぎらぎらとよく光っている海が見えてきた。こういう風景を見て、もっともてきめんに元気になるのはタ―ラとカポの二人である。そういえば、この島に上陸して以来、どうもカポにいつもの力強い目の光や元気さがなくなってきている――と、少し前からノケは感じていた。

島の男二人とカポたち四人は、どんどん海べりに近づいていった。

そこは椰子の木がそっくり切り倒されて、かなり大きく開けた広場になっており、ところどころに木と樹皮のようなもので造られた小屋が点在していた。大型のカヌーも何隻か陸の上に引き上げられており、その間にかなりの人が集まって何かの仕事をしていた。

村というわけではなく、大がかりな作業場という感じだった。二人の男は何事か大きな声を出し、それを聞いた人々がそれぞれの場所で振り返った。明らかにカポたち四人のことを伝えたようで、人々がみんな一斉に四人を見た。なかにはそれまでやっていた仕事の手を休めて、びっくりしたようにこっちを見つめている人もいる。

四人はみんな一様に緊張したが、しかしそれ以上何か起きるということもなく、まもなくみんなの仕事をしている場所に着いた。

そこには男も女もいた。珍しそうにカポたちを眺めている。とくに男も女もタ一ラを穴のあくくらいじっと見つめている。四人をここに連れてきたネギーと一番多く話をしていた男が、何事か大きな声で言った。その一言で、なんだかそれまでかけられていた呪文(じゅもん)がすうっと解けたような感じになり、あたりの気配がもとに戻ったようだった。しばらくしてあちこちからどっと笑い声が起きた。

「いま、なんて言ったんだ?」

ノケが低い声でネギーに聞いた。

「よくわからなかったけど、たぶん『みんな目をさませ!』なんてことを言ったんじゃないかな」

ネギーも声を抑えてそう言った。

そこでは皆で仕事を分担して、何かひとつの流れ作業のようなことをやっていた。

山側の一個所から水が流れ出ている。その水を、大きな木を縦半分にしてその中をくりぬいたものをいくつもつなげ、上手に作業場のところまで導いてきていた。

カポたちがその作業場に降りていくと、仕事をしていた人々はますます好奇心をむきだしにして、四人を眺めた。

「テラマカテ・コナ」

最初にネギーが、それから少し遅れて他の三人が口をそろえて言った。

「テラマカテ・コナ」

「テッテ、テッテ」

周りの人々はそこではじめて、それぞれがそれぞれの方法で表情をくずし、カポたちに笑いかけた。

テッテというのは「やあ」というような意味らしい。作業場のどこかで犬が吠え、まるでそれが合図だったように皆はもとの仕事に戻った。カポたちをそこに連れてきた二人の男のあとについて、四人は大勢の人が集まっているあたりに向かった。

山から流れ出てくる水を、縦に半切りにして深い窪みをつけた何本もの椰子の木がいい具合に水路をつくっていて、大きな水の溜り場所にまで流れ込んでいる。

「なるほどなあ。ずんが島でもあのようにすれば、おれたちのいる家のすぐ近くまで、いつでも水を引き込むことができたんだなあ」

ノケが感心したように言った。

「フンデロッテ村に帰った時にぜひやってみたらいいじゃない」

ターラが言った。しかしそう言ってから、ターラは少し沈んだ声で、

「でも本当に、いつかフンデロッテ村に戻れるのかなあ」

と、独り言のようにして言った。

大きな水の入っている場所は、短く切った椰子の幹を並べてつくってあった。木と木の合わさったところには、水が漏れないための工夫らしく、沢山の木の葉の詰めものがしてある。

その水の溜り場所から、さらに小さな半切りの木による水路が出ていて、そこから第二の水の溜り場所に流れていく。そのそばには、二人の男がかついできた椰子の木を削ったものと同じ色の木屑が小山のように集められていた。男は背負い籠の中のそれを、小山の上にどさりと乗せた。そばに、あの白髭の持っていたのと同じコモを持った男がいて、何事か早口で喋り、コモに文字を書いていた。

木屑はその第二の水の溜り場所に小山から次々に放り投げられている。放り投げる人が二人、水の中に入れられたそれをかき回す女たちが三人。それぞれ同じふしの歌をうたっていた。

ノココンポレ、コノコレコンポレ

ノコノケタ、ハア　ノコノケタ

ノココンポレ、コノコレコンポレ
ノコノケタ、ハア　ノコノケタ

その歌はフンデロッテ村の祭りを思いだすような、なんだかとても懐かしい旋律と響きがあって、カポたちはついうっとりと聞き惚れてしまうほどであった。

水と一緒にかき回された木屑の上ずみが、別の水路にあふれて流れていく。そのあふれたものはけっこう量が多いのだが、使わないものらしく、最後は地面にどんどん落ちていく。

ひとしきり歌と一緒にかき回したあと、大きな葉を幾重にも重ねて丸めて作った丸い容器を持った別の一隊がやってきて、水とまぜあわさって下に沈澱されたものを持っていく。面白そうなので、四人はその人たちのあとについていった。もうカポたちをここまで連れてきた二人の男の姿は見当たらなかった。どうやら、あとは好きなようにあちこち見て回れ、ということらしかった。

大きな葉の包みでそれを持っていく人々は六人だった。かれらもはじめは珍しそうにカポたちを眺めていたが、すぐにいつもの仕事の手順に戻り、やはり歌をうたいながら歩き始めた。よく見ると、かれらはただその葉の包みを運んでいるだけではなく、歩きながら両手でその包みをこねているようだった。そのたびに、じょうごのようになった葉の包みの一番下側のところから、絞られた水が流れ落ちる。やがて気づいたのだが、かれらはそれを運ぶというよりも、むしろそうして歩きながらこね回すことの方が重要な仕事らしく、大きくそのあたりをこねこねしながら歩き回っているのだった。

そうしている間にも、さっきの水の溜り場所では、例のノココンポレ、コノコレコンポレの歌が始まり、みんなでまた新しい椰子の木屑と水をかき回す作業が始まっているのだった。

大きな葉の包みでこねこねを続けていた一隊は何回りかしたあと、いよいよ海の方に向かって進み始めたので、四人もそのあとについていった。

海の方ではまた別の人々の集団がいて、そこではまた別の歌をうたっていた。

「ああ、これはつまりみんな仕事うたなんだな」

ノケがつぶやくようにして言った。ノケの郷里では農作業の終わったあとなどに、必ず演芸大会が開かれた。そこでは、のど自慢のようにして、みんながいろんな歌を競ってうたいあったが、もともとそれらの歌は農作業の仕事の時にみんなで声を合わせてうたっていた「仕事うた」なのだ、ということをノケはおばあさんから聞いたことがある。

この島では、その仕事うたが見事に本当の仕事と一体化しているのだった。なるほどさっきの大きな葉の包みを歩いてこねるのも、そうやってみんなで歌をうたって調子を合わせてやったほうが仕事がはかどりそうだった。

〝こねこね〟の一隊が次に行った場所にはケケ（サメの皮）に似たものが木枠の上にひ

ろげられており、その中に運んできたものを次々に投入する。ケケに似たものを取り囲んでいる数人の女たちは、それぞれ手頃な木の棒を手にしており、それでどさどさ放り投げられた木屑をみんなで叩き始めた。ここでもやはり別な歌がうたわれる。

トコワン、ケトケト、トコワン、ケトケト
トコワン、マケマケ、トコワン、マケマケ

こっちの歌は速くてせわしないリズムだった。木の棒を突いたり叩いたりするスピードも当然速い。

「日本の餅つきと同じだ……」

ノケがまたつぶやいた。沢山の女たちの木の棒で突かれていくうちに、ざらざらだった木屑がしだいに粘っていくのがよくわかる。やがて棒突きが終わると、今度はそれを手ですくって丸め始めた。丸めたそれを、今度はかたわらにひろげてある葉の上に並べる。そのあたりに沢山同じように並べて干されているから、どうやらそれで一連の工程が終了のようだ。

少し離れたところに小屋があり、そこから煙が出ていた。

ついでに覗いてみると、そこでは干された丸いダンゴを蒸(む)しているところだった。

その作業をしている老人に、ネギーがいろいろ話しかけた。

ペレ、というのが、このダンゴの名前であるとわかった。正確にはペレモケ。モケは椰子の名前であった。「サゴ椰子」というらしい。

「イモと同じようなものだ」という説明をネギーは苦労して聞きだした。

老人は歯のない口をもごもごさせながら、何事か説明しつつ、蒸しあがったばかりのそれをカポたち四人にくれた。

口にしてみると、これがあの木の屑からできたものかと思うくらい口の中で滑らかな感触だった。味は少し甘味があった。なるほどフンデロッテ村で食べているタロイモやヤムイモの歯ざわりと似ている。

「うまい」という言葉は「カテ」というのだと分った。

「カテ、カテ」と四人は口々に言った。木の屑をこんなふうに食べられるように加工してしまう知恵というものは、すごいことである。ノケはこの島にはこういう思いがけない知恵や工夫によるものが、ほかにも沢山あるに違いない、と思った。

第九章

飛ぶ人

このようにして、カポたちは毎日島のあちこちを自由に好きなように歩き回り、さまざまなことを体験し、そして島のそこいらじゅうでいろいろな人と知り合いになった。カポたちが漂流してこの島にたどり着いた、ということはもう島中の人が知っているようで、どこへ行ってもそのことをまず第一番に聞かれるのだった。

皆がカポたちの漂流に大きな興味と関心を持っているのには理由があった。それはしばらくして気がついたことなのだが、この島の人たちはこれだけ沢山の人々が住み、沢山の進んだ文化を持ちながら、遠いよその島や、まだよくわかっていない海域などにほとんど出かけていないのだった。

その理由の大きなもののひとつに百年戦争があるらしい、ということも次第にわかってきた。いつ戦争相手の軍船が攻めてくるかわからない、というので男たちの遠い船旅はもうずっと以前に禁止されていた。

そしてまた旅までいかなくても、島から離れて——たとえばこの島が見えないような遠い海域に単独で漁にいく——というようなことでも、ここではなかなか許されない、危険の伴う行動と見られているようなのであった。

だから敵ではなく、どこか知らない遠い国の人がやってきた、というのは、この島の人々にとっては大変大きな関心事なのであった。

お互いに慣れてくると、四人は島のあっちこっちで引っ張りだことなった。とりわけ剽軽(ひょうきん)で言葉もよくわかるネギーと、元気がよくて勇気のある、そしてしなやかで表情の豊かなターラは、どこを歩いていても大人や子供から声をかけられた。

ターラは最初にこまごました面倒をみてくれた、目の鋭い女と特に親しくなった。その女はカナンという名で、島の外海大役（大きな国でいうところの外務省の長官）の娘であった。しかし、百年戦争はここ何年も鎮静化したままだし、その戦争が関係して島の人々は外の世界に出ていくこともなく、訪れる人もないから、カナンの父の外海大役は、このごろはすっかり仕事の段取りも忘れてしまっているのだという。

カナンは最初見た時、ずいぶん大人に見えたのだが、聞いてみるとターラと二歳しか違わない。もちろんターラよりお姉さんである。外海大役の娘らしくカナンはターラたちの住んでいるフンデロッテ村のことにたいそう興味をもっているようだ。

ターラは逆に、この島のあらゆることを知りたがっていたから、二人がお互いの言葉を理解するのはとても早かった。

ノケはこの島でみる沢山の仕事や生活の仕組み、そしてそこで使われているさまざまな道具に興味をもった。とりわけ、この島にやってきた時、何よりも驚いたあの海辺に屹立している、テンポ・ギルの頭によく似た大きな櫓と、そこから次々に飛び出してきた空飛ぶ「鳥人間」のことについて、ありったけのことを知りたがった。

このノケの案内は白髭が引き受けてくれた。白髭はこの島の「なんでも相談大臣」のような役目をしている、ということが次第にわかってきた。ただし大臣といってもそういう組織があって、その組織の長、というわけではなく、そういう係をしている、というだけのようだった。ノケはしかしその仕事の報酬を、この島の議会（フンデロッテ村におけるケノケノ会議〈女会議〉のようなもの）が払っている、ということを聞いて、驚いた。

ターラやネギーに比べて、ノケとカポはこの島の言葉を覚えるのに少し時間がかかったが、それでも基本的な言葉をいくつかマスターすると、あとは身振り手振りでたいがいの意思は通じた。とくに白髭はいつもコモを持っていたので、難しくなるとそこに絵や記号を書いて結構詳しくさまざまなことを会話し、理解することができた。

その櫓はフンデロッテ村のケンペラ・ケネぐらいの高さがあった。それほど太くはない椰子と蔓性の枝木、そして何か判別のできない白くて強靭でえらく長いもの、によってそれらは組み立てられていた。

「この上に登りたい」

ノケは白髭に頼んだ。

「じゃあついてこい」

白髭は身振り手振りとともにあっけなくそう言った。

登るところは、それなりにうまい具合に手掛かり足掛かりができていて、白髭の行くとおりにそれらを摑んでいくと、ぐいぐい登っていくことができた。

ノケは木とは明らかに感触の違う、白くて非常にしっかりとしたものが、なんであるのか、ということを聞いた。

「ガンガである」

と白髭は答えた。

「ガンガとはなんであるか？」

と、ノケが聞く。

「モネコモ・モケケのマニマムである」

「モネコモ・モケケとは何か？」

白髭は少し考え、眼下に広がる海を指し、片手を大きくくねらせる。どうやらそれは海にすんでいる生き物らしいとわかる。それもとても大きなものらしい。

とはいえ、そこまで聞いてもノケにはそれが実際どういう生き物のどの部分なのか、ということはなんだかまだよくわからない。しかしそういう海の巨大な生き物をこのように利用している、ということはどちらにしてもやはり凄いことだと思った。

上に登っていくにつれて、櫓はぐらぐらと大きく揺れるようになった。かなりの高度になっているので少々恐ろしい。しかしノケよりもはるかに歳上の白髭がなんのこともなくぐいぐい登っていくので、弱音を吐いてはいられなかった。

やがて、この大きく揺れるのは、海からの強い風に耐えるためにわざとそういう造りにしているらしい、ということが白髭の説明でわかってきた。

どうにかやっと櫓の上に着いた。まさしくそこはケンペラ・ケネに匹敵するぐらいの高度である。眼下一面に広がっている海がギラギラ光っている。思いがけず櫓の上には二人の若い男がいた。

「テラマカテ・コナ」

「テッテ、テッテ」

白髭と若者が挨拶をかわす。慌ててノケも挨拶した。二人の男の周りには、いましがた切り取ってきたとおぼしい大きな葉が沢山あった。フンデロッテ村で見る竜巻樹の鳳凰翔葉に似ていた。

櫓の上は、陸側から海に向かって大きく斜めにすべり降りていくような構造になっていて、その上には灰色に光る何かの皮が一面に貼ってある。よく見るとケケを裏返したもののようであった。

手で触ってみるととても滑らかで、そこに乗ったら一気に斜めの台から海に飛び出していってしまいそうだった。

白髭が手振りで、そうなると危ないぞ、ということを知らせている。

ノケは二人の若者がこれから空を飛ぶ準備をしているのか？　ということを白髭に聞いた。白髭が早口で若者に何事か聞き、ノケに「そのとおりだ」と告げた。

二人はまだ本当に若く、少年から青年になったばかり、という感じでもあった。さきほどから熱心に竜巻樹の葉によく似たそれを、ほそい腱糸（けんし）のようなもので編みあわせている。

どうやらその葉を何枚も編みあわせて空を飛ぶための羽根を作っているようであった。それにしてもよくこんなに高いところから飛びたっていくものだ、とノケは改めて驚き、感心した。そして同時に、かれらは一体なんのために鳥のように空を飛ぶようなことをしているのだろうか？　ノケはその理由を一番知りたかった。

やがて二人の若者は腱糸で大きな葉を縫い合わせる仕事を終え、慣れた動作でそれぞれその大きくてよくしなる葉を枝ごと体に取りつけた。立ちあがった二人の若者はどちらも小柄であったが、小柄な割には二人とも異様によく発達した厚い胸と太くて逞（たくま）しい腕をしていた。上半身の発達具合に比べると下半身は細く、華奢に見えた。その大きな葉を手早く体にきっちりくくり付けながら、白髭と何やらしきりにいろんな話をしている。双方ともに早口なので、ノケには何を言っているのかさっぱりわからなかったが、二人のその身仕度ぶりからみて、これから空に翔び出していくらしい、ということがわかる。

この島にやってくる時に見た、あのなんとも全身がゾクゾクするような怖くて素晴らしくて夢のような鳥人間の飛行を、こんな間近で、しかもその翔び方のスタートから見ることができるというのだからすごい。

鳳凰翔葉に似た大きな葉を肩から左右の手のだいぶ先までくくり付けた二人の姿はまさしく、巨大なツムル（波飛びウミハヤブサ）に似ていた。ノケは白髭の許しを得て、二人の〝鳥人間〟のそばまで行き、その幾重にも折り重ねてある葉の仕組みを子細に観察した。鳳凰翔葉によく似ていたが、フンデロッテ島のそれと比べると少し葉の形はずんぐりしていて、そのぶん葉肉が厚くて強靭そうに見えた。枝葉はそれぞれ片側に七、八枚ぶん重ねて縫い合わせてあり、両手を動かすと首のうしろあたりからきれいに左右に別れて本物の鳥のようにハバタキの動作をすることができる。この左右の主翼とは別に背中の中央から尻のあたりにかけて薄い三角帆のようなものをくくり付けている。それはひと目で鳥の風切羽根の働きを真似ているものだとわかった。その部分は木の葉などではなく、タテゴトカジキの大きくひろがる扇尾を使っているようであった。

あらかた準備はできたようで、二人は互いにゆっくりした動作でハバタキの練習などを始めている。ノケは次第に激しく胸が高鳴ってくるのを感じた。

鳥のように空を飛ぶ、ということはフンデロッテ村でもケンペラ・ケネに向かってマンブケーを束ねて、その反動で大きく空に飛びあがっていく、という独特のやり方があるが、この島の飛行は、まさしく鳥そのものであった。

すべての仕度が終わったらしい。やがて若者二人は櫓の一番うしろにある狭いけれど平らな台の上に立ち、海の方向に向いて両手を差し出し、声をあわせて何かうたった。白髭やノケが見ているので少々気恥ずかしさがあるのか、小さな、抑えたような声であったが、うたいながら二人は時折、左右の手を大きくひろげる。それぞれ手の三倍ぐらいの長さにくくり付けられている葉の羽根がひろがるので、二人はまさしく巨鳥そのもののようで、それは思いがけなくも美しい姿だった。

やがてとくになんの前ぶれもなく、先頭に立っていた若者の一人が、まるで海に飛びこむような無造作なしぐさで、鋭く傾斜し、ケケの裏皮の貼ってある滑空台(かっくう)に身を投げだした。若者はしゅるしゅると小気味のいい音をたてて、その上を素晴らしい速さで滑り落ちていき、一瞬後にはその向こうに消えていた。すぐに別の一人が同じようにあとに続く。

二人は櫓の向こうに消えた。なんともこころもとない気持で、何も見えなくなった櫓の向こうの青い空と海原を眺めていたノケの眼に、やがていきなり巨大な、まさしくツムルそっくりの雄姿が音もなく浮かびあがってきた。大きく羽根をひろげて空中高く漂うツムルの飛翔の仕方とそっくり同じであった。

二人は見事に上昇気流をとらえて、かろやかに浮かんできたのだ。夢のような光景であった。時折、巧みに左右の羽根の角度やハバタキの調整を加えて、二人はその優雅な上空の滑空を楽しんでいるようであった。

白髭の誘導で、ノケは櫓の前の方に出ていった。ケケの裏皮を貼った滑空台を支えるために櫓の前方は複雑に枝木が組み合わされており、人が歩くと前後にかなり揺れる。恐ろしいくらいの高度感だが、強い陽光に光る蒼すぎるような海と空を背景にして、大きくゆったりした曲線を描きながら飛翔する二人の鳥人の姿は、たとえようもなく美しかった。

それにしても、こんな巨大な櫓を造り、こんにちのああいう優雅な飛翔ができるまでには、すさまじい訓練が必要であったろうと思われる。この鳥人化作戦は、いったいなんの目的でなされたのだろう……。

美しい飛翔を眺めながら、ノケはそのようなことを考えていた。こうして見ているぶんには美しいが、ここまでになるのにはおそらく沢山の危険がつきまとう命がけのものであったのに違いない。

そのことを知りたくてたまらず、乏しい語彙ではあったが、ノケは白髭にカタコトの島言葉で聞いた。たえず揺れる櫓のてっぺんだから、片手は常にどれかの木の支えにさわっていなければならず、両手を使っての身振り手振りの表現ができないので、伝達表現が制限され、もどかしくはあったけれど、ノケの最初の質問である「なぜ鳥人間なのか？」というのは伝わったようであった。

白髭のその答えをすっかり理解したとはいえないが、しかしノケにも大要はわかった。すべては百年戦争のためだったのである。

白髭は手をひろげ、向こうから攻めてくる沢山の船のことを説明した。敵の船とこちらの船は互いに槍やコノコノと呼ぶ一種の投擲機で、岩のかけらや堅い貝の殻などを投げあう。

船同士の戦闘は最初はいつもそのようにして行われるようであった。

鳥人間は、そういう敵の船団がやってくるのを上空から偵察するのがひとつの目的としてあり、そして、そういう敵船を攻撃するのがもうひとつの重要な仕事のようであった。

「どのようにして攻撃するのか？」

ノケが質問した。

白髭は、櫓の枝木から手を離し、危なっかしい恰好で両手を使って、親鳥が腹の下に卵を抱くようなしぐさをした。そうして飛び回り、その卵を落とす。ただし戦闘の時は卵などではなく、それはつまり爆弾なのであった。何度も聞き直して次第にわかってきたのは、逆戟（ハクジラ）の膀胱にいろんなものを詰めこむのだ。中に入れるのは千咳辛子、オニブスマの灰、ツキバネムシ、カマタマ（食いつくと離れない獰猛なマキリ亀の仲間）、一歩蛇（嚙まれると一歩も歩かないうちに死ぬ）、鼻曲尿（臭いをかいだだけで鼻がもげるといわれているミナミセンザンコウの尿）などをぎっしり詰めこんだものを狙いを定めて敵船に落とすのである。

「炸裂水母というのだ」

白髭はその爆弾のおおよその大きさを両手で示し、呼び名を教えてくれた。

しかし、いまはもう何年間も敵船団がやってくることもなく、休戦状態になっているので、炸裂水母の投下の練習はほとんどやっていないということだ。

その鳥人戦闘員になるためには、ハバタキの力をつけつつ体を小さくしたままでいる独特の訓練をする。そうしていま大空を舞っている二人のように、飛翔戦闘員の養成はいまだに続いているようなのだ。

白髭の話すその内容は、ノケにとってすべてが驚きと、ある種の感動に満ちたものであった。

見ると、二人の鳥人は南海特有の回昇気流をとらえたらしく、さっきよりもさらにまたぐんと高いところを、ゆったりとした大きな円を描いて翔んでいる。それは高い櫓の上からでも首をまっすぐ上にあげて見あげなければならないはるかな高みであった。それから鳥人間は小一時間ほども空を飛び回っていた。降りる時はたいてい海から陸に向かってくるらしい。

羽根といっても所詮は木の葉であるから、人間の体を支えるには相当な負担がある。上昇気流に支えられている上空時はいいが、難しいのは降りてくる時のようであった。その時、ふいに乱気流のようなものに巻き込まれて失速し、墜落状態になっても、海に落ちれば最悪の事態は防げる。そういうことを櫓の上で、鳥人間の優雅な飛翔を眺めている時に白髭は少しずつ教えてくれた。

やがてそろそろ降下してくるようだ、と白髭が言った。そこで二人は櫓から下りて着地する予定の場所に急いだ。

その海岸の少し沖合に小舟が二隻とまっており、その上で数人の男たちが何やら激しく動き回っていた。その動きは遠目では数日前に山の中で見た、椰子の木を長い斧で男たちが一心に挽いている姿とよく似ていた。

いったい何をしているのだろう、とノケが目を凝らしていると、そのすぐそばに、いきなりカポとターラが海の中から顔を出した。二人とも口に何かをくわえている。とても長い管のようで、その管は二人のすぐ前のところまで一本の管であるが、二人のすぐ前でふたまたに分れてそれぞれの口につながっていた。

二人は海岸にいるノケに気づいて、うれしそうに手を振った。島の貝獲りの人々と仲良くなり、一緒に潜っていたようだが、どうもその潜り方はこれまでのとだいぶ様子が違っていた。

「おもしろいよ。この島の人たちは海の底で自分たちの貝を育てているんだよ」

ターラが全身から海水をしたたり落としながら海岸にあがってきて、大きな声で言った。

「なんだって?」

「海底に貝の畑を作って、そこで夜光貝のような大きな貝を沢山育てているんだよ」

続いてカポもあがってきた。

「畑の周りにはヌパ(猩猩貝=その臭いをサメが嫌うといわれている)が沢山ぶらさがっていて安全なんだ」

「二人が口にくわえていた白いホースみたいなものはなんだったの?」

ノケが聞いた

「ああ、あれもすごいよ。船の上から空気を送って、水の中でずっと息ができるようになっているんだ」

カポが珍しく息をはずませるようにして言った。

沖に泊っている小舟の上では、まだ男たちがしきりに動き回っている。

「ノケもやってみたらいいよ。とても不思議な気持だよ。まるで魚になったみたいにいつまでも水の中にいられるんだから」

二人のあとに続いてノケも小舟に向かった。近づいてよく見ると、小舟の上には椰子の太い幹の左右に細長い把手(とって)つきの棒が出ていて、それが動くようになっている。二人の男がその把手を握り、声をあわせてそれを押したり引いたりしている。

反対側に回ると、もう少しその構造が理解できた。椰子の幹はどうやら空洞になっているようで、反対側には二本のもう少し細い木がはめこまれている。二本の木の切り口のところには何か動物の皮のようなものが貼られていて、それが男たちの掛け声にあわせるようにブルブル震えている。

どうやらそのはめこまれている二本の木が、外から空気を取り込む弁の働きをしているようであった。椰子の太い幹の下からは数本の白いホースのようなものが出ており、それぞれ海の中に入りこんでいる。

「おお、凄い。圧縮空気をつくっているんだ！」

ノケは思わず大声をあげてしまった。驚くべき知恵と工夫であった。

早速ノケもこのホースをくわえて海の中に潜った。ホースは二人ひと組になっていて、もう片方をターラがくわえた。潜る前に鬼蔦（おにつた）で編んだ腹巻のようなものを体にくくり付ける。それには小さいけれど、びっくりするほど重い石がいくつかくくり付けられていた。

ホースや体の浮力をそれで抑えるのだ。空気がどんどん供給されるので、本当に自分が魚になったような気分だった。舟から数本のホースが海底に向かって伸びている。そのホースをたどるようにして潜っていく。すでにいちど潜っているターラはノケを案内するようにぐいぐい先に潜っていこうとするので、ノケはまるでひきずられていくようだ。

やがて十尋（ひろ）ほどのところで海底が見えてきた。何人かがそのあたりを動き回っている。みんな腰のあたりに袋をつけている。夜光貝によく似た大巻貝を採っているようだ。なるほどさっきターラが言っていたように、そこは海底の畑のようだった。広い海の底の畑を取り囲むように、ヌパを沢山入れた鬼蔦の網があちこちの岩にくくり付けられている。中には水中に浮かび上がっている網もある。興味をもってノケが観察にいこうと体を大きく反転させたところで、何か急にバランスが変わった。

「わあっ！」

おもわずノケは水の中で叫んでしまった。ついつい夢中になってしまって自分のくわ

えているホースのもう片方にターラがいる、ということを忘れてしまい、急に体を反転させたので、ターラの口からホースがはずれてしまったのだ。

ターラの怒っている顔が見えた。しかしターラは潜水によく慣れていたからそれほど慌てることもなく、水の中で沢山の空気の泡を吹き出しながらでたらめに踊っているホースを改めて口にくわえた。

水中に浮かんでいる網の中には猩猩貝とは別に大きく膨らんだ巻き貝がいくつか入っていた。よく見るとその巻き貝の口のところは何か魚の皮のようなもので密閉されていた。つまりその貝を浮力体にしているのだ、ということを知ってノケはまた改めて感心した。

ホースをくわえて熱心に収穫の作業をしている人は全部で八人いた。女の人もいるようだった。しばらく眺めていたが、やがてひととおりの仕事は終わったらしく、ゆっくりと全員が浮上し始めたので、ノケたちも海面に戻った。

海の底にいた人々はホースを舟の上に戻し、貝の入った袋をそのまま持って海岸のほうへ泳いでいった。

空気を送っていた男たちの力仕事もようやく終わっていた。

ノケはその空気を送っているホースが何でできているのか、その男たちに聞いた。

何度かのやりとりのあと、やっとノケの質問の意味がわかり、男たちはくちぐちに何か言ったのだが、みんながいちどきに喋るのでそれもまたわからない。やっと彼らが「モネコモ・モケケ」と言っているらしい、とわかった。それはちょっと前に白髭に聞いたばかりの言葉だった。男たちは両手を使ってとてもとても大きな魚の姿を描いて見せた。それは本当に途方もなく大きな魚であったからノケは鯨であろうと見当をつけた。

ノケは男たちに頼んでその空気圧縮装置をもう少し詳しく見せてもらった。やはり思ったとおり椰子の幹は空洞になっていて、そこから出ている把手つきの棒を動かし、空気を圧縮しているのだった。

ターラが何か叫んでいた。ふりかえると海岸のほうに向かって今まさに鳥人間が海面すれすれに滑空しながらゆったりと舞い降りてくるところだった。

白髭が言っていたように、カポたちがその島に着いてちょうど二カ月たった頃、島の何人かの長老たちによる、取り調べのようなものが行われた。

といっても、島の長老たちが聞きたいことはもうほとんど白髭が聞いて報告してあったので、そこで質問し、調べるというよりも、むしろカポたちのこれまで体験した航海と漂流の話をみんなでじかに聞く、という感じのものであった。

この島のさまざまな運営を行っている長老たちは十人いて、みんなそれぞれの役割がある。長老の中でリーダーシップをとっている長(おさ)のような人はとくにおらず、役割を分けた十人の話し合いによって、この島のさまざまな決まり事とその運営を行っているようであった。それはフンデロッテ村におけるケノケノ会議(女会議)をもっと恒常的に、役割を明確にして発達させたもののようであった。

「フンデロッテに帰ってこの話をしたら、村のおばあ(おばあさん)たちは早速真似をするだろうね」

ターラが感心したようにそう言った。

「でもケノケノ会議がずっと開かれているなんてよくないよ」

カポが即座に言った。

「だから、男たちのことを裁くためだけじゃなくて、この島で行われているように、島のこと全部について、みんなで話をしていくということよ」

今度のこの旅でターラはずいぶん大人になったなあ……と、ノケはその会話を聞きながら考えていた。

日本の進んだ地域政治のことを知っているノケだったが、フンデロッテに来てからは、その島のやり方にすべて身を委(ゆだ)ねる、という考えでやってきたので、フンデロッテよりあらゆるところで文化の進んだこの島で、カポたちがどんなふうに反応するか、ノケは興味をもっていた。

そういうことにターラは早速反応しているのだ。

カポは逆に、この島の人々からその優れたカヌーの操船技術に目をつけられ、島の漁師たちに毎日いろいろなことを聞かれていた。百年戦争で島の人々があまり遠くまで航海に出なくなってしまったので、そういう部分での技術が停滞しているようであった。その半面、例の圧縮空気を使った潜水など、フンデロッテ村の人々が聞いたら目を回しそうな優れた技術をカポは沢山学んだ。

ネギーは島の唄と音楽にすっかり魅了されてしまったようだ。この島の唄は必ず踊りと一体化していて、何か歌う時は必ずそれに合わせて何かしらの身振り手振りを加えなければならない。

いろいろ知ってくると、そもそもこの島の会話は、最初はそういう身振り手振りに唄がくっついて始まったようであった。

陽気で剽軽(ひょうきん)なネギーは島の老婆たちが知っているそういう「はなし唄」を沢山教えてもらい、みんなから喝采(かっさい)を受けていた。

「キナテラ」というのは、その中でもとくにネギーの身振りや歌い振りが島の男衆よりうまいくらいだ、と絶賛されたもので、カポやターラたちもそれを見て聞いて、なるほどと感心した。

それはネゴシゴと呼ばれる袋魚（ハリセンボンの仲間）をかぶって踊る古い戦闘鼓舞

唄で、片手に槍を模した櫂をもち、必ず波打ち際で行う。

ナトマト、ソノマト、オンジュマト
キネマト、キナテラ、コンジュマト
(みんなそこにそろったか！　いまこそいくぞ　あらなみをこえていまこそ)

この島では戦闘のしるし、出陣のシンボルが、頭にかぶる魚であった。それは兜というよりも、敵に対する威嚇のしるしのようであった。

ネギーの踊る「キナテラ」をフンデロッテ村でそのままやったら、村中の評判になるだろう。それにはいつか必ず故郷の島に帰ることなのだが、その日、島の長老たちがカポたちに伝えたのはまさしくその「島にかえす」という話なのであった。つまりカポたち四人をフンデロッテ島にかえす、ということだった。

「大型のカヌーを出すかどうかを決めようとしている。ただし問題はおまえたちの島の場所だ。これまでに聞いたおまえたちの話でヌバ・ホマ（ずんが島のこの島での呼び方。ホマは群島）まではわかった。そこまでをどの方向から来たのかがわからない」

この三年島の舟や航海関係の大臣らしい一人の長老がそう言った。

嵐に流されてそこにたどり着いたので、カポたちも正確には自分たちの来た方向はわからなかったが、ずんが島まで行けば、いくつかの星のかたちや位置で、なんとか向かうべき方向がわかるのではないか、と四人は話し合った。そしてそのことを長老たちに伝えた。

「そのような曖昧な判断と根拠で島の重要な財産である大型カヌーや船乗りたちを出すわけにはいかない」

——という慎重論と、カポの優れたカヌーの操船技術の評判を聞いている幾人かの長老の、

「同じような条件でここまでやって来たのだから、帰りも大丈夫だろう。この若者たちの島にわが三年島の若者たちが訪ねる意義は大きい」

——という積極論を語る者とで、しばらく白熱した論議があった。

「百年戦争の最中だというのに、その重要な戦力であるわが島の若者を一人たりとも、そして舟を一隻でも外に出すなんてとんでもない」

という意見もあった。

「この四人が敵の送ってきたテグレ（くねり魚の仲間——スパイの別称）でないと誰が証明できる？」

という極端なことをまた蒸し返すがんこな老人もいた。

「百年戦争は実際のところ、ながいながい休戦状態になっている。しかしそのために我々はもう長いことこの島から遠いよその国へ出ていくことをやめてしまって、わが島にいる若者たちはすっかり昔の我々の頃の勇壮な元気を失っている。それにひきかえ、

この四人の若者たちの勇気はどうだ！　いまこの勇気ある四人の若者たちを彼らの故郷の国に送り届けることによって我々は昔の自分たちの大きな力と自信を呼び戻すのだ！」

ひときわ大きな声でそう演説したのは外海大役であった。あのカナンの父親である。その意見は他の長老たちを次第に大きく頷かせた。もともとこの島の人々の気質は外洋航海の開拓に意気高い、進取の気概に満ちたものであったのだ。

「たしかにそうだった。わしたちの若い頃は何ものも恐れず、どんどん外洋へ出て行ったものじゃ」

さっきまでじっと黙っていた太鼓腹の長老の一人が大きな声で言った。

「そうだ。わしなどはテングリ・ホマ（逆波群島）まで火吐き魚を追って十日も寝ずにタマカマ（独行カヌー）で行ったものだ」

その向かい側にいた赤いテキ（脅し髪飾り）を頭のうしろに付けた細長い顔をした老人が、しわしわの声を張り上げた。

「その話はマンバ年（三百年）分聞いているよ」

別の長老が両手を振りかざしながら言う。

「黙れ、わしなどはガヌガヌ（憤怒渦巻き）の荒れ狂うアギラ・ホマまで行ってアグウ（巨大な咆哮魚）を百も獲ってきたものだ」

その隣の怒り眉の老人が体を震わせながら言った。

「それを言うならわしだって……」

老人たちが口々に言いだしたので一気にそのあたりは騒然となってきた。

が、ともかく外海大役が自慢話を喋りだしたことによって、一座の空気は急速に三年島の若者たちを外洋に出して鍛え直そう、という話になっていった。そうして、そのついでにカポたちを送り届ける舟を出そう、ということになっていった。

第十章

歩く魚

カポたち四人の周辺は、にわかに慌(あわただ)しくなってきた。白髭がやってきて、十日後に舟を出す、ということを正式に告げたからだ。

舟は両側にアウトリガー（安定用の浮材）のある大型のカヌー二隻で、その島の若者たち十人が乗り込むという。

久しぶりの外洋航海なので、そのことが決定すると、島中の若者たちが興奮し、話題はもっぱらそのことに集中した。

誰しもが航海に出たがっていたのだ。

「その船旅には、ぜひ自分を行かせてくれ、という者が続々と長老会議に申し出ている。あまり多すぎて困ってしまっている」

白髭がやってきて、そのようなことを伝えた。

「素晴らしいことになった！」

ターラが躍りあがるようにして言った。目が光っている。しかし、フンデロッテ島へ向かう舟を出してくれる、ということを手放しで喜んだのはターラだけで、他の三人の男はそれぞれに少しずつ複雑な顔をしていた。

ノケは、もう少しこの島に滞在して、この島の人々の生活ぶりや仕事の仕組み、そしてさまざまな仕事の道具や方法などをもっと知りたい、と思っていたのだ。とくに山の中で行われているというギガッテと呼ぶ硬い石の採掘を見たかった。ギガッテは斧や土掘りおこしの道具に使われている、まったくもって刃物のように鋭く硬い石であった。百年戦争の初期の頃の武器として大量に使われていたという。

そのほかにもマキリ葉（舞踏樹の尖葉）を使った揚水用の小型風車というのも見たかった。

ネギーは唄と踊りをもっと沢山知りたいと思っていた。それと、まだみんなには黙っていたが、その唄や踊りの練習にいつも連れていってくれるカナンに、ネギーはひそかに恋をしていた。まだカナンにその気持は打ちあけてはいなかったが、もう少し時間があれば……と思っていた。

カポは、自分たちを送り届けてくれる舟を出してくれるというが、果たして本当にフンデロッテ島のある方向を見つけだすことができるだろうか？　という不安があった。白髭から聞いたところによると、ヌバ・ホマ（ずんが島）までは確実にわかっていると

いう。そこでカポは村の集会所まで行って、

「どうやって自分たちの島を見つけるのですか」

ということを白髭にたずねた。

「百年戦争が始まる前までは、たびたびそのあたりまで出かけていたのだから……」

と白髭は自信に満ちた顔でそう言った。

「けれど問題は、その島に行ってからですよ。おれたちはその島に流されていったのだから、結局、フンデロッテ島からどの方向にあるのか、ということさえさっぱり分からない。それはいまでも同じですから……」

カポが心配そうに言った。

「おまえたちは、おまえたちの島を出てからずっと太陽に向かってカヌーを走らせてきた、と言っていたな」

白髭は言葉が理解できるようにゆっくりした喋り方でそう言った。カポが頷く。

「だったらそれほど心配はない」

白髭はそう言うと、カポに「ついてこい」というようなしぐさをした。

集会所の裏に、カポたちが寝泊まりしているのと同じような造りの、とても床の高い小屋があり、白髭はカポをその中に連れていった。部屋の中は用途のよく分からないこまごました道具が置いてあって、ひどく雑然としていたが、その中央に全体が球形をし

た、しかしあちこちにキネル（うに）のトゲのような細い突起が沢山出ている不思議なものが置いてあった。あちこち枝のように突き出たものの先には、丸いビンロウジュの実のようなものがついている。よく見ると、それらは木と石と骨のようなものを複雑に組み合わせて作ってあるようで、どういう仕組みになっているのか、そのひとつを動かすとたちまち全体が滑らかに動くようになっている。

白髭は球体の中から突き出ている枝の中で、ひときわ長い一本を指さした。その枝の先についている小さな丸い玉は赤く塗ってある。

「これが太陽だ」

白髭は言った。

「太陽のほかにいくつもの星がここにある。こいつはマモだ。夜になるといつもマモラ（北）の方向で輝いている。これはシア（火星）だ。いつも赤く光っている」

白髭は次々に枝の先の小さな丸い玉に手を触れていった。

「これらは太陽が動くと、みんなそれぞれの方向へ動きだす」

白髭が太陽の赤い玉を指でつまみ、それを動かすと、他の小さな玉がいろいろな方向に動きだした。その球体の真ん中に魚の形をしたものがあって、それだけは動かなかった。

「外洋に出る時、これを舟に乗せていくのだ」

白髭が言った。

「するとどうなる？」

「いつも星や太陽を見て舟を走らせている船乗りだったら、目印の星とこの球の星を合わせれば、目的のところへ行ける。嵐がきても、晴れるのを待ってまた合わせれば迷うことはない」

「これはなんと言うのだ？」

カポは息をのむような思いで、それを聞いた。もし本当にそういう働きをするのだったら、カポが覚えている太陽や赤い星の位置を逆になぞっていけばいいのだから、たしかに自分たちの島へ戻っていける。

「カル・カレだ。カルは『あるく』、カレは『さかな』のことを言う」

「ふーん。魚が歩くなんてヘンな名前だな」

「カル・カレは海の守り神という意味もある」

「歩く魚が船という訳だな」

「その通り。いつもこの球体の真ん中にいるように舟の向きを合わせていけばいいのだ」

なんという不思議な機械だろう、とカポは感心してそれを眺めた。それから、ずんが島を出てくる時に見たニキ・ノケノッケ（大くらげ座）のことを思いおこした。その星は、いまでもこの島から見ることができる。そうか、白髭の言う通りにすればフンデロッテ島に帰れる……。カポは白髭の手の先にあるその球体を、何か尊いものを見るようなまなざしでじっと見つめた。

外洋へ出ていく二隻のカヌーの乗組員を決めるための競技が、その二日後に行われた。場所はあの鳥人のために櫓（やぐら）のそびえる海で、争うのは一人用のカヌーの操舵と潜水の技量のふたつだった。長老たちが判定をする。その日は島の若者たちが、みんな浜に勢揃いしたようだった。カポたちもその見物に行った。驚いたのは女たちも沢山その争いに参加していることだった。

ターラがこの島にやってきたことによって、島の若い娘たちが、俄然（がぜん）、外洋への旅に目ざめて活気づいたのだ、と白髭が説明してくれた。娘らの中にはカナンの姿もあった。

その一方で、航海に出ていくための水や食物の準備なども始められていた。

白髭はカポにフンデロッテ島に住んでいる人々の人数を聞いた。さて島にはどのくらいの数の人がいるのか、よく考えるとはっきりしたことはわからなかった。カポは島の仲間に聞いた。ノケが、おそらく三百人くらいだろう、と答えた。白髭はその三百人の島人のために珍しいものを沢山贈り物に持たせる、と言った。ついてはおまえたちの島の人々が喜びそうなものは何か？　と白髭は聞いた。えらいことになった、とカポたちは驚いて口々にそう言ったが、しかしフンデロッテ島の人々に持って帰りたいものがこの島には沢山あるなあ、と四人はまた口々にそう言った。

四人を送る船は、その島でもっとも大型のもので、大きく突き出た船首にガルダ（トビエイ）の飾りものがついている。この島に漂着した時、四人を迎えた、船腹から沢山の櫂の出ている船は、近海を走る戦闘用のもので、外洋へ出ていくのは、船の中央に細長い三角帆をつけたツェツェル・ツェル（波切りつばめ）と呼ばれる伝統的な形の船で、なるほど波を切って走っているその姿は、波切りつばめによく似ていた。後ろにだけ荷物収納を兼ねた甲板が張ってあり、普段はここに戦闘用の石撃ち機が置かれているそうだが、いまはこの航海のために取りはずされていた。

選ばれた乗組員は男七人、女三人だった。みんなまだ若く、強い陽光の中、新しい航海に向かう期待で、どの顔もぎらぎら輝いて見えた。女の中にカナンは入っていなかった。

沢山の島人が浜にやってきて航海用の水や食料などを運びこむ仕事を手伝っていた。

一隻の後甲板の下には白髭が見せてくれたカル・カレ（歩く魚）が慎重にしまいこまれた。このほかにもフンデロッテ島の人々に贈る品物が、いろいろ積みこまれた。その中にはノケが見たがっていたギガッテ（鋭く硬い石）で作った斧や払い刀、海槍の穂先をはじめ、サゴ椰子から作ったあの甘い食べ物や、カポたちが、自分らの島にはない、と言った珍しい生活道具などが沢山入っていた。それらは大きな葛木の籠に入れられ、さらに厳重にモネコモ・モケケ（鯨）の腸などによってくるまれていた。

出発の前日の晩は浜でカポたちと、十人の若者たちの航海の安全を祈願する盛大なまつりがひらかれた。浜のところどころに大きな焚火が燃えていた。島の人々はその周りで船旅の安全をうたい、そして踊った。踊り上手のネギーは、そういう踊りの輪の中で、半分泣きだしそうな顔で踊っていた。

ウヨという名の白い酒がふるまわれた。ウヨは椰子の幹と白い大きな肉厚の花の実から作る酒で、どろりとして濃厚な花の香りがした。島人は酔うとうたう声がいっそう大きくなった。ホコボコという楽器は亀の甲羅をいくつも丸くつなぎあわせたものを一人の男が背中にくくりつけ、うしろを歩く数人の男が長い棒で打ち叩く。なるほど、そこから出てくる音は、その楽器の名のようにホコボコ、ホコボコと聞こえた。ノケはその恰好が日本のむかし話に出てくる雷の姿に似ているので、そのことを白髭に言うと、この島ではワノコ、ノドコロコノというものを鎮めるための楽器だと教えてくれた。ワノコ、ノドコロコノとは何か、ということをさらに聞くと、どうもそれは「海の中の何か訳のわからないもの」――のことらしいということがわかった。

海の中の訳のわからないものが退治されると、今度は沢山の女たちのくねくねした踊りが始まった。それはすぐに女たちが波になっているのだ、ということがわかった。女たちは踊りながら波や風の音を口ずさみ、それはいつしか焚火と踊る女たちを囲む島人みんなの口にまでひろがり、そのあたりは沢山の波がさわぎ、風が吹く海原(うなばら)そのものになった。

嵐の荒れる海はすぐに鎮まって、いくつもの昼も夜もやわらかくて、心地のいい波と風の中で船旅ができることを——

と祈る踊りなのであった。

それが終わるとウヨの酔いはさらに増していき、キマキマ（椰子ガニ踊り）を踊る男たちが、焚火の周りに輪をつくった。

すると、女たちが激しく何か叫び始めた。白髭に聞くと、このキマキマは興奮してくると焚火の中を走り渡ったり、燃えさかる火を自分や周りの人の顔になすりつけたりするのだという。女たちがそれにおびえて叫んでいるのかと思ったらまるで逆で、女たちは「早く火の中へ！」とみんなであおりたてているのだという。そういうことになるのがわかっているので島の男たちはあらかじめキナ・キノ（被護ヨメシダ）の実をつぶした脂を体中に塗りたくって、やけどをしないように用意しているのだという。

それを聞いてノケは急に心配になり、ネギーを捜しにでかけた。ネギーのことだから調子にのって、たちまち火の中に飛び込んでいきかねないからだ。

やっと見つけたネギーは、意外なことに焚火のあかりからだいぶ離れたところにいた。カナンと肩を組んで、二人で声を合わせ、小さく何かをうたっていた。

そこから少し離れたところにターラがいた。ターラは島の女たちとすっかり仲良くなって、一緒に大声で叫んでいた。

「さあ早く飛び込め、火の中へ！　何をぐずぐずしているんだ。オチンチンがついているんだろう！」

ターラが両手を振り上げて叫んでいるのは、そういう内容のことだった。ターラに発見されないように、ノケは素早くそのうしろを通過した。

カポがどこにいるのかも心配だった。素早くあちこち見て回り、ようやく海べりにいるのを見つけた。カポは数人の島の子供たちと一緒だった。どうやら子供らと海面跳ねとびの遊びをしているようだった。フンデロッテ村の子供たちがよくやっている遊びで、速い浜から海に向かって走っていき、打ち寄せてくる波に大きく身を反らせて飛び込む。速いスピードで波頭の向こう側にタイミングよく乗ることができると、一瞬、波に乗ったようになって海面上をすべっていくことができる。

この島ではそんな遊び方がないようで、カポが熱心に教えてやっているのだった。

ノケがやってきたので、子供らが「ノケもやれ！」と口々に言った。「よおし！」と言ってノケは浜から一直線に海に向かって走り、打ち寄せてくる波に向かって飛び込んだが、思ったとおり見事に失敗し、子供らの全員に笑われた。もともとこの海面跳ねとびは難しくて、ノケは成功したためしがない。これができるのはカポぐらいであった。カポはやはり海が好きなのだ。明日、ついに帰途の船旅に出る、というので、もうカポの全身は、はやる気持でいてもたってもいられない、という状態になっているようだった。

「ついに明日だなあ」

全身水びたしになりながら、二人はほぼ同時に同じことを言った。

「帰りの風えらび、星えらびをうまく頼むよ」

ノケが言うと、カポは力のこもった顔で頷いた。カル・カレのことはノケも白髭から聞き、一度見ていた。あの不思議な、けれどとても優れた装置があれば、フンデロッテに間違いなく帰れるだろうな、とノケは思った。

その時、周りの子供たちの間でいきなり「トワトワ！」という大きな声があがった。見ると波の向こうで一人の少年が飛びあがるようにして何度も両手を叩いている。どうやらその少年が、やっとはじめて海面跳ねとびに成功したようであった。

「テケノコ、タラマカ、トワトワ！」

少年たちが口々にそう言っている。（見て見て、タラマカがやったぞ！）と言っているのだった。その少年の成功が励みになったらしく、他の少年たちもいっせいにまた波に向かって走りだした。

その時、背後の浜のほうでも大きな歓声があがった。沢山の女たちが口々に何か言っている。とうとう男たちの誰かが火の中に飛び込んだのだ。続いて二度、三度と大きな歓声が聞こえた。負けじと別の男が火の中に入っていったのだろう。

そしてさらに大きなどよめきが起きた。

空がいきなり明るくなったのだ。見あげると、大きな火のかたまりが空を飛んでいる。はじめは何が起きたのか訳がわからなかったが、間もなく、あの〝鳥人間〟が松明を持って空を舞っているのだ、ということがわかった。火を持った鳥人間は大きくゆったりとした円を描きながら夜の上昇風をとらえ、まさしく火の鳥のように、優雅に、そして猛々しく闇を切り裂いていった。

――このようにして、カポたち四人は島の人々の思いがけない優しい情熱に支えられて勇躍、二隻の大型カヌーで船出し、八日間の航海ののちに無事にフンデロッテ村に着いた。

その航海は、白髭の教えてくれたカル・カレもいろいろ役立ったが、カポとネギーの、太陽や星を見て進路を決めていく昔ながらのやり方で、その航海の大半を乗りきった。途中、嵐に一度も遭遇せず、極めていい状態のままでやってくることができた、という運の強さもあったが、カポやネギーたちのゆるぎない天測航海術はマキラ・アフ島の若者たちを大いに驚かせた。

フンデロッテ島に着いたのは明け方のことで、カポたちの船をまず最初に見つけたのはタルデワカシ（ネギーのおじいさん）だった。

かれはその日、「昨日の小便岬」の先にある〝煮えている海〟の近くで漁をしており、そこにふいに現れた見慣れぬ二隻の大型カヌーを見つけ、びっくり仰天した。

島は乾期に入ってきており、〝煮えている海〟はいよいよ本格的にぶくぶくいう熱い泡をたて、大きい魚たちが集まり始めていたのだ。

タルデワカシを最初に見つけたのは船首にいたネギーで、かれはタルデワカシを驚かすためにわざとその背後から音もなく三角帆のついた大型カヌーをあやつっていった。しかもいたずら好きのネギーは、マキラ・アフ島を出る時にもらった魚の仮面をかぶっていたので、タルデワカシは驚きのあまり、もう少しで海に落ちてしまいそうだった。すぐにネギーは魚の仮面をとってタルデワカシの名を呼んだ。

しかし、島ではネギーたちはどこかで海難にあって、とっくにみんな死んでしまったもの、と思われていたから、タルデワカシは魚の仮面の下から現れたネギーを見て、すっかりポポノポ（朝の海ゆうれい）かと思い、そこでとうとう本当に海に落ちてしまった。

すぐにターラが飛び込み、タルデワカシをカヌーに引き上げてやった。そうして、かれらは早朝のフンデロッテ村に戻ってきたのだった。

フンデロッテ村の人々は、その朝ほとんど全員が浜に集まり、この思いがけない四人の〝勇者〟と、親切なマキラ・アフ島の若者たちを迎えた。ターラは無断で島を出てしまったので、母親にこっぴどく怒られるのを覚悟していたが、死んでしまったとばかり思っていたターラが帰ってきたので、母親は涙を流しながらターラを抱きしめ、その無事を喜んだ。

カポたちは浜に座り、島の人々にまずはこれまでの旅のあらましをざっと話した。フンデロッテ村の人々は、みんな熱心に話を聞いた。

ヌバ・ホマ（ずんが島）のことは誰も知らなかった。タルデワカシでさえも知らなかった。よく聞いてみると、どうやらカポたちはタルデワカシの話を聞いてめざした島とはだいぶ方角の異なった未知の西海域に流されてしまったようなのであった。

ずんが島での自給自足の生活については、ノケがまとめて話をした。ターラは人真似（まね）ぽうぽうの話をした。みんなはぽうぽうのことをもっと知りたがったので、ネギーがその歩くしぐさや鳴き真似などをした。ネギーのそのしぐさは上手で、カポたちは腹を抱えて笑いころげたが、ターラは懐かしがって時折、涙を流していた。

「どうしてその一羽でもつれてこなかったのだ」

と、島の女たちが残念そうに言った。

マキラ・アフ島での日々についてはもっと長い話になるので、またこれから何日もかけて話をすることになった。

やがてトゥンブク（ヤシで作る発酵酒）が運ばれてきた。

「この島での食事はいつもみんなで集まって互いのものを分けあって食べるのだ」ということをターラはマキラ・アフ島の若者たちに説明した。いまは乾期で砂虫がいないから、みんな自由に浜に腰をおろしていられるが、雨期になると砂の中の虫に嚙みつかれて危険なのだ、ということも話したが、それはかれらにまだよく理解できないようであった。その日のうちにターラは若者たちを島中案内して歩いた。

ターラたちがマキラ・アフ島のさまざまなことに驚いていたように、かれらもフンデロッテ島の人々の喋っている（よくわからない）言葉や、その向こうに繋っている、かれらにはとてつもなく珍しいマンブケー（竹）の森やケンペラ・ケネ（衝立のような崖）など、あらゆるものを興味深そうに見て回っていた。かれらの宿泊場所はケノケノ会議（女会議）をやる集会場に決まった。その広場にいくつものかがり火がたかれ、沢山の食べ物などが運びこまれた。

カポはモファア（白長髭＝長老の一人）の死を聞かされた。

カポはモファアに、かれの大型カヌーがとても安定してよく走り、嵐の時にもきっちりリーフを乗り越えてくれたので、自分たちが死なずにすんだ、ということを報告しようと思ったのだが、そのことを言えずとても残念がった。父親のいないカポはモファを父や祖父のように思っていたので、その死が悲しかった。そうして考えてみると、マキラ・アフ島でも自分たちの面倒をあれこれ見てくれて、一番助けてくれたのが、やはり「白髭」であることを思いだした。

カポはまたターラの母親のところに詫びに行った。ターラが自分から強引にその旅についてきた、ということは話さず、とにかく娘を危険な旅につれていってしまったことを詫びたのだ。そしてカポは、いかにターラが海の旅に勇敢で、そして海の中でのあらゆる狩漁仕事に優れていたか、ということを話して聞かせた。ターラの母親は黙って海を見ながら、その話を聞いていた。

――それから半年ほどして、ノケはフンデロッテ島を出て、近くのタライという小さな町や港のある島に行き、そこから小型の汽船に乗り、ボルネオのバリクパパンという港を経由して日本の鹿児島に帰ってきました。

ノケを大型カヌーでタライまで送ったのはカポとネギーでした。本当はターラも一緒にノケを送ってそこまできたがっていたのですが、その頃、ターラのお腹には赤ちゃんがいて、大事な時期でもあったので、浜でノケに別れの手を振った、ということです。

ターラは結局、カポと結婚したのです。海が好きで、海の風に吹かれていれば気分がいい、という二人でしたから、その結婚はもっとも似合っていたようでした。

ネギーはカナン（マキラ・アフ島の娘）のことが忘れられなくて、その後、何カ月かしてまたマキラ・アフ島に行きました。マキラ・アフ島とフンデロッテ島は今度のことで友好の航路をひらき、一カ月に一度くらいの割合で、それぞれの島から互いに相手の欲しがっている物を積んで往き来する交易ルートができていったそうです。

ノケが日本に帰ったのは十八歳の時だといいます。動物が好きなので、やがて獣医の道をめざし、その方面の学校へ行きました。そうしていつかまたフンデロッテ島へ行ってみよう、と考えていたようですが、日本はやがて太平洋戦争に突入し、それは次第にアジア全域にまでその戦火の影響をひろげていったので、フンデロッテ島やマキラ・アフ島も当然、大きな歴史の渦にのみこまれていったのです。そうしてとうとうノケ（ぼくのおじいさんの椎名総之助）は、それから再びフンデロッテ島に帰ることができませんでした。しかし、その島のありさまや、そこに住んでいた人々の話は、こうしておじいさんの昔語りとして、こんなかたちで残された——という訳です。

解説

神宮輝夫

私は、読み始めから本を閉じるまで、

「……カヌーの周りは見わたすかぎり海しかなかった。海は見事に丸くひろがっていて、雲は遠い水平線の上にわずかにへばりついているだけで、あとはいちめんの青空と丸い海原だった」（七三頁）

という海にいた。読み進めながら、絶えず語り手と自らに問いかけていた。

「このままいくと何が出てくるの？……」（七四頁）

好奇心の力

話は、ボルネオ近くのフンデロッテ（朝のいびき）島から始まる。島の若者カポ、ネギー、そして話の語り手ノケと若い娘ターラの四人は、村の祈禱師であるタルデワカシから聞いた南のゲンゲ海域にいると言う「歩く魚」を見ようと、大人たちには無断で船出してしまう。

語り手ノケは、作者の祖父椎名総之助。この航海記は、彼が三人の仲間と経験した実話を語るという形式になっている。

海は、いつも神秘に満ちている。「歩く魚」見たさに、こっそりカヌーで未知の海に漕ぎ出した四人は、早速、村の集会所の三倍くらいあるノケノッケ（クラゲ）に出くわし、まるで島のようなその上に上陸した一人は、その陸に包まれて海中にのみこまれ、危うく命を落としそうになる。

それから間もなくの夜、小さな光がいくつも帯状に連なるなにかが、たくさんにカヌーのまわりにくねくねと集まってくる。この「光るくねくね」は、しかし、朝になるともういなくなっている。

嵐と難破

赤道近辺の海のことだから、四人のカヌーはやがて嵐に巻き込まれて、舵がとれなくなり、珊瑚礁の島に漂着する。

嵐による難破と、リーフ（礁）に囲まれた島への上陸の場面となれば、それは一九世紀後半のイギリスで数多く創られ、子どもと大人を熱狂させた冒険小説の定型的な山場の一つである。椎名さんは、若者四人を南海の無人島に漂着させているが、この場面は三人のイギリスの若者が登場する『サンゴ島』（バランタイン作、一八五八）を思いおこさせる。リーフにぶつかれば死という瞬間を乗り切って岸辺にたどり着く興奮もよく似ている。

『ずんが島漂流記』は、万事が丁寧に描写されているが、どこか淡々とした印象がある。それは、椎名さんが、食事の場面でも、ヒーローやヒロインが波の力で岩礁にたたきつけられそうになる瞬間でも、描くべき対象との距離を常に等間隔にとり、語りのテンポも一定にしているからだと思う。それは、全体に、ゆったりした波のうねりのような雰囲気を与えると同時に、きめこまかなリアリティを生み出している。

「発明と発見」の魅力

だから、無人島に上陸してからの生活も生き生きと楽しい。

よくできた冒険の物語には、必ず獲得と創造の楽しみがある。ロビンソン・クルーソーは、無人島で食物を獲得し、畑を耕し家畜を育て、焼きものまで創って、読者を楽しませてくれた。その衣鉢を継いだ『スイスのロビンソン』（一八一二）に至っては、南海の島に南米の大蛇アナコンダやアフリカの鳥であるダチョウまで登場させて、滅茶苦茶との非難を受けながらも、多くの子どもたちと大人たちを熱狂させた。

フンデロッテ島の四人は、彼らの生活にふさわしい範囲で、珍しい食べものをみつけ、火をつくり、カヌーを修理して、再び「歩く魚」をめざすのだが、無人島でのもっとも魅力的な発見は羽根が丸くて小さくて飛べない大きな鳥だろう。

「ぽうぽう」と名づけたこの鳥は、若者たちの言葉を巧みに真似するばかりか、どこへでもくっついてきて、仲間になってしまうため、若者たちはこの鳥を食用にできなくなってしまう。若者たちが、この島をずんが（あるき魚）島と命名して離れるとき、五〇羽ほどのぽうぽうがカヌーを追って浜辺を走る光景を見る。

「争い」のない漂流

航海を続けた彼らは、いくつかの島がある海域に入り、そこの一つの島の人々に捕えられたかたちで島に案内され、そこでさらに驚くべきことをいくつも見聞きする。

この島の人たちは、ほかの島と百年戦争をしているのだが、最近はまったく戦はとだえているという。

この物語は、こうして、終わり近くではじめて「争い」の話が顔を出す。それも、どうやら終わったこととして。「争い」がない、「戦い」がない——これが、この「漂流記」のもっともすばらしい特徴ではないだろうか。

まず、登場する四人の航海者たちは、未知の海域に生息する「歩く魚」を見たいという好奇心だけで航海に出る。香料を求めるためでもなければ、黄金獲得のためでも、領土拡張のためでもない。

彼らが上陸してしばらく生活した無人島には、他島の住民が攻めてきたりしない。命をかけた格闘の必要な猛獣も現れない。唯一、ぎょっとさせられるのは、「長い尾の先端から……赤い毒針をいつものぞかせていて、見るからに獰猛そう」なピクチ（フカバチ）の巣を取ったために、ピクチが「ごうごうと波のような音」をたてて襲ってきたときくらいだろう。

この争いのない世界は、ルソーが空想的に描いた、あらゆる人が平等だった古代なのかもしれない。その古代人たちは、無欲な好奇心に駆られて、強烈な憧れと、勇気と、体力と、知識と智恵で、簡素なのりものをあやつり、風と海流のエネルギーを使って、大海原を自在に移動していたのだろう。

読んでいると、いつしか、そんな空想にひたってしまうのだが、終章には、ノケは日本へ帰り、獣医をめざして勉強をしながら、また南の島を訪ねるつもりでいたが、太平洋戦争がおこって、フンデロッテその他の島々も大きな歴史の渦にのみこまれたとある。

言葉は、それを使う時とか場合とか場所で使い分けるのがふつうだが、その区分けの枠をとりはらって新しい組み合わせをつくると、新鮮な表現になったりユーモアを生んだりする。ユーモアの横溢するエッセーの多い椎名さんはそうした言葉の使い方の名手だと思う。『ずんが島漂流記』は、常識、規則、慣習などに囚われない自由な精神によって時間と空間を超えているようだ。

「フンデロッテ村の人々の星座の解釈の仕方は、ギリシャや日本のそれとまったく違う。海の民らしく、その星座のほとんどは海の生物によってつくられているのだ」（二三二頁）

から、この世界の人々は、

「ケマの北印（北極星）がカポの指さした中天にかかる頃、島の真上にはフンデロッテ村から見ると西の海面間近によく見える〝火吹き鳥〟と戦う〝あるき魚〟の輝座（星座）があった。火吹き鳥は海面から少し上に翼をひろげて空に向かっており、あるき魚は火吹き鳥を追って、海から中天に駆けのぼる形になっている」（二二〇頁）

ような夜空を見ている。

それは、古代ギリシャ人たちや、昔の日本人たちと、表現は違うが、同じように壮大な想像力の持ち主たちの世界である。そんな想像力の持ち主たちの物語を読んでいると、生まれてからあまり時間がたっていない自然の中にいるような気がする。

（白百合女子大学教授・児童文学）

単行本　一九九九年一月　文藝春秋刊

文春文庫

ずんが島漂流記

定価はカバーに表示してあります

2001年12月10日　第1刷

著者　椎名誠

発行者　白川浩司

発行所　株式会社 文藝春秋

東京都千代田区紀尾井町 3-23　〒102-8008

TEL 03・3265・1211

文藝春秋ホームページ　http://www.bunshun.co.jp

文春ウェブ文庫　http://www.bunshunplaza.com

落丁、乱丁本は、お手数ですが小社営業部宛お送り下さい。送料小社負担でお取替致します。

印刷・凸版印刷　製本・加藤製本

Printed in Japan

ISBN4-16-733417-8

文春文庫

椎名誠の本

（　）内は解説者

おろかな日々
椎名誠

八丈島での焚火宴会、「日本SF大賞」の賞金百万円の使い途、好きなマンガの大考察、八ヶ岳で氷の滝登り、チリで聞いた井上靖氏の訃報……反省と野望を語る三十九篇。（沢野ひとし）

し-9-7

モンパの木の下で
椎名誠

通信販売でヨロコビの買い物をする、息子のプロボクシングデビュー戦、全国の椎名姓が集まる「椎名会」に参加、ザマミの海で感動の濃厚ビールを飲む……爽快エッセイ集。（沢野ひとし）

し-9-8

南国かつおまぐろ旅
椎名誠

鹿児島でカツオのうまさにうちふるえ、大阪の公園では風に吹かれてノンビリ昼寝。ああ、人生はつづき、シーナの日本全国ジグザグ旅もまだまだつづくのであった。（沢野ひとし）

し-9-9

トロッコ海岸
椎名誠

少年時代。輝かしく懐かしい〝ぼくらの時〟をさまざまな手法で描く、満開シーナ・ワールド！　――表題作の他、「ほこりまみれ」「ポウの首」「殺人との接近」「映写会」など十篇。（池上冬樹）

し-9-10

ネコの亡命
椎名誠

モンゴルでネコの姿を見かけないのはなぜか？　映画「白い馬」の撮影でひと夏をすごした大草原でのロケ暮らしに北国に完成した別荘の雪中試し住み…痛快エッセイ集。（沢野ひとし）

し-9-11

時にはうどんのように
椎名誠

椎名誠は新宿のデジタル時計とあやしい関係だった！　衝撃の事実が明らかになった「二二二回記念」など、椎名誠の秘密と魅力がたっぷり詰まったエッセイ集。（沢野ひとし）

し-9-12

文春文庫

エンタテインメント

（　）内は解説者

蒲生邸事件
宮部みゆき

二・二六事件で戒厳令下の帝都にタイムトリップ――。受験のため上京した孝史はホテル火災に見舞われ、謎の男に救助されたが、目の前には……。日本ＳＦ大賞受賞作！（関川夏央）

み-17-3

青嵐の馬
宮本昌孝

家康の甥として育ち、長じて名門・後北条家を継いだ保科久太郎の生涯の秘密とは。表題作ほか「白日の鹿」「紅蓮の狼」を収録。信長・秀吉・家康を魅了した男女の物語。（北上次郎）

み-22-1

八月の獲物
森純

「あなたに十億円差しあげます」――ある老人の出した奇妙な新聞広告。贈与候補者たちはひと月の生存を義務づけられたが……。第十三回サントリーミステリー大賞受賞作。（小梛治宣）

も-14-1

忍法関ヶ原
山田風太郎

関ヶ原決戦前夜、近江鉄砲鍛冶の帰趨を巡って起こった伊賀甲賀の死闘。忍法「蝿達磨」「枯葉だたみ」「穴よろけ」の怪。「忍法天草灘」「忍法甲州路」「忍法小塚ッ原」を併録。

や-6-12

明治バベルの塔
万朝報暗号戦
山田風太郎

黒岩涙香率いる明治の大新聞、万朝報が暗号で暴く政界スキャンダルとは。珠玉の明治もの。表題作の他、「牢屋の坊っちゃん」「いろは大王の火葬場」「四分割秋水伝」。（金井美恵子）

や-6-14

室町少年倶楽部
山田風太郎

耽美と官能の中で正気を保つ者とは?! 十五歳の少年に二十五歳のお妾。出家を望む三春丸（足利義政）に仕掛けられた秘策が引き起こす奇々怪々。「室町の大予言」を併録。（鹿島茂）

や-6-15